KB271298

김현영 新무협 판타지 소설
FANTASTIC ORIENTAL HEROES

전전긍긍 마교교주 1

김현영 新무협 판타지 소설

초판 1쇄 찍은 날 § 2009년 11월 23일
초판 1쇄 펴낸 날 § 2009년 11월 30일

지은이 § 김현영
펴낸이 § 서경석

편집장 § 문혜영
편집 § 서지현

펴낸곳 § 도서출판 청어람
등록번호 § 제1081-1-89호
등록일자 § 1999. 5. 31
어람번호 § 제2-1848호

주소 § 경기도 부천시 원미구 심곡2동 163-2 서경B/D 3F (우) 420-822
전화 § 032-656-4452 팩스 § 032-656-4453
http://www.chungeoram.com
E-mail § eoram99@chollian.net

ⓒ 김현영, 2009

ISBN 978-89-251-2004-1 04810
ISBN 978-89-251-2003-4 (세트)

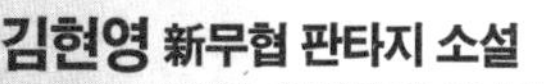

전전긍긍

마교교주

戰戰兢兢 魔教教主

1

주군이시여!

김현영 新무협 판타지 소설

FANTASTIC ORIENTAL HEROES

주군이시여!

도서출판 청어람

작가의 말

　전전긍긍 마교교주로 독자 여러분과 만나뵙게 된 것을 무
한한 기쁨으로 여깁니다.
　이 출판이 이루어지기까지 아낌없는 조언과 격려 속에 도
움을 준 두 분, 풍종호님과 시니어님께 감사드립니다.
　또한 묵묵히 후원해 주신 청어람 사장님께도 이 자리를 빌
어 감사드립니다.
　이 책을 선택한 독자 여러분과 즐거운 여행이 되길 진심으
로 바랍니다.

마운봉에 선 영웅의 이름은 백무결(白無缺)이었다.

그의 나이 이십일 세!

무결(無缺), 결점이 없다는 이름!

그의 생은 놀랍게도 그의 이름과 같았다.

천재적인 두뇌와 무공을 익히기에 가장 이상적인 근골을 타고났다. 거기에 고난과 역경에 굴하지 않는 의지력은 천재성에 날개를 단 것이라고 해도 과언이 아니었다.

또한 그의 외모는 가히 신의 작품이랄 수 있었다.

강호의 뭇 여인들은 백무결이 슬며시 짓는 미소 앞에 녹아내렸다. 그녀들은 그저 백무결이 자신을 한 번 바라봐 주는 것을 세상의 금은보화보다 더 가치있는 것이라 믿었다.

하늘이 지상으로 보낸 천고의 기재가 강호에 발을 딛게 되었을 때, 그를 기다리고 있는 것은 영웅(英雄)으로의 길이었다.

전설 속의 기연은 오직 백무결을 위해 존재하는 듯했고, 천고의 무학은 백무결로 인해 세상에 그 찬란한 모습을 드러냈다.

그에게 있어 위기는 곧 기회였다.

험난한 강호의 역경 속에 백무결은 한걸음 한걸음 정도의 영웅이 되어갔다. 첫 번째 위기는 극독에 중독되어 사경을 헤맬 때였다.

백무결은 절벽에서 떨어져 정신을 잃었으나 때마침 그 앞에 나타난 것은 만독불침의 공능을 지닌 만년지주의 내단액이었다.

하늘이 정한 영웅으로의 길!

그 기연의 길은 그곳에서부터 그렇게 시작되었다.

백무결은 내단액과 함께 칠백 년 전의 기인이었던 지주현자의 지주현공을 익히는 것을 시작으로 강호를 종횡하며 일생일대의 기연들과 조우했다.

절체절명의 순간 공청석유의 구덩이에 빠지는가 하면, 천년에 한 번 열리는 영과를 복용하는 행운도 얻었다. 꼬리 아홉 달린 구미호의 간을 복용한 것은 백무결의 기연 중에서도 가장 기이하고 신비스러운 체험이었다.

총 열두 번의 죽음의 고비!

그와 함께 찾아온 열두 번의 영단과 영물과의 만남!

총 일곱 가지 전설적인 무학과의 만남!

이 과정을 거쳐 백무결은 인간으로서 완벽한 자가 되었다.

강호는 그런 백무결을 가리켜 '신성무혼(新星武魂)'이라 칭했다.

악을 미워하고, 정도의 선봉에 선 스물한 살의 백무결은 신성이면서 절대적인 무혼이었다.

그리고 지금!

신성무혼 백무결은 그동안의 여정에 대한 마침표를 찍기 일보 직전이었다.

"이제야 끝이로군."

마운봉 정상의 휘몰아치는 한줄기 바람결 속에서 백무결은 나직이 중얼거렸다.

맞은편에는 자신과는 정반대되는 길을 걸어온 자가 서 있었다.

마교 교주(魔敎敎主) 아수라천마(阿修羅天魔).

향년 오십이 세의 마도 거인. 마도의 전설 중의 전설.

그는 타오르는 불길인 양 붉은 장포를 걸친 채 두 눈 가득 오만함을 담고 있었다.

그러나 이 오만함도 오늘로 마지막이었다. 이날은 새로운 전설이 탄생하는 날이다. 그건 천하의 누구도, 심지어 아수라천마조차도 부인할 수 없는 사실이었다. 겨울이 지나면 봄이 오는 자연의 순리처럼 너무도 당연한 일이었다.

아수라천마의 시리도록 차갑고 오만한 저 얼굴은 이제 잠시 후면 봄눈 녹듯 녹게 된다.

아마 백무결 자신이 아니었다면 아수라천마는 지금쯤 천하를 발아래 굽어보고 있었으리라. 그는 실제로도 천하 제패를 눈앞에 두고 있었다. 단 한 가지 예기치 못했던 상황으로 그 꿈은 산산이 부서졌다.

'바로 나 백무결의 등장 때문이었지.'

지금 아수라천마는 모든 것을 잃고 홀로 서 있었다.

심장까지 서슴지 않고 꺼내 바칠 충성스러운 심복들은 죽거나 숨었다. 후계를 이을 세 아들도 더 이상 이 세상 사람이 아니었다. 그의 곁에 머물던 미녀들은 모조리 등을 돌렸고, 그가 지닌 모든 권력도 가을 낙엽처럼 스러졌다.

그의 곁에 남은 유일한 것이라곤 마운봉을 휘도는 쓸쓸한 한 점 바람뿐이었다.

백무결은 슬쩍 뒤를 돌아보았다.

천위칠군(天衛七君)이 병풍처럼 뒤쪽에 시립해 있다.

그들은 스승이며 친구요, 가족이었다.

마도의 패악을 물리치는 데 그들의 공헌은 지대했다.

하지만 정작 이 자리, 최후의 일전에 그들을 대동한 것은

아수라천마를 함께 무너뜨리기 위함이 아니었다. 그들에게
수고로움을 끼칠 수는 없다.

아니다. 정직해지자.

그들에게 전설을 양보할 수 없었다.

미안하지만 그들은 전설로 남을 이 자리의 증인이 되어야
한다.

무림의 역사 속에 이날의 결전은 전설이 될 것임은 두말할
나위 없었다.

승패에 대한 근심?

전혀 없었다.

오직 백무결의 관심은 어떤 전설을 만들 것이냐 하는 것이
었다.

'칠 일 밤, 칠 일 낮을 싸워 끝내 승리했다는 것으로 할까?

'삼 일을 주야로 싸워 승리했다고 할까?

그러나 곧바로 백무결은 고개를 가로저었다.

아니다. 그건 시간낭비에 불과하다. 사흘이라니?

이는 아수라천마를 지나치게 돋보이게 할 뿐이었다. 최상
의 무공인 '건곤무상신공(乾坤無上神功)' 이면 일 합이면 끝날
터였다.

그러나 그건 그것대로 좋지 않았다. 기간이 길어도 문제지
만 터무니없이 일 합에 승부가 끝난다면 상대가 그만큼 보잘
것없다고 후대 사람들은 생각할 것이다.

'그래, 그게 좋겠군. 천 초다, 천 초!'

천(千)이라는 어감이 마음에 들었다. 적당히 겨루다 천 초에 끝을 내는 것이다. 아수라천마 또한 마교의 전설로 불렸던 만큼 그 정도 생각은 가지고 있으리라.

일단 지주현공으로 초전에 공략해 볼까?

백무결은 고개를 저었다.

지주현공은 무공도 무공이지만 모양새가 너무나 우스꽝스럽다. 그래서는 기록상 좋을 것이 없었다.

흠, 일단 가볍게 극렬순백장(極烈純白掌)으로 공격하는 것이 좋겠군. 그다음엔 은하장(銀河掌)을 이용해 지치게 하자. 천여 초에 이를 쯤 그땐 가차없이 건곤무상신공으로 한 줌 가루로 만들어 버리리라.

그 순간이면 구름 사이로 한줄기 햇살이 조명처럼 내려와 자신을 비출 것이다. 하늘은 언제나 나의 편이었으니까.

생각을 정리한 백무결이 들뜬 마음을 숨기고 나직이 입을 열었다.

"아수라천마여! 드디어 종착점이로군."

백무결은 미소를 짓는 것도 잊지 않았다.

아수라천마는 여전히 오만한 표정인 채였다.

그는 홀로 남았음에도 불구하고 당당했다. 그 누구보다 자신의 실력을 잘 알고 있을 텐데도 두려움은 어디에서도 찾아볼 수 없었다. 정녕 마도의 지존이었고, 최후의 결전을 치를 상대로도 손색이 없었다.

'과연 한 시대를 풍미한 절대 마인이로다.'

백무결은 진심으로 감탄했다. 마인들이 왜 그를 가리켜 마도의 우상이라며 숭배하는지, 그가 왜 마도의 살아 있는 전설이라 불리는지 알 것 같았다.

백무결은 가슴이 설레었다.

저렇듯 오만하고 공포를 모르는 아수라천마를 꺾고 강호 역사에 길이 남게 되는 것이 아닌가.

백무결이 다시 입을 열었다.

"아수라천마! 생의 마지막에 남길 유언이 있는가?"

"크하하하하!"

아수라천마가 불쑥 웃음을 터뜨렸다.

이 와중에도 천하를 깔보는 패기가 가득했다.

내력이 충만히 실린 호탕한 웃음소리에 산악이 들썩였다. 백무결의 뒤쪽에 시립하고 있던 천위칠군이 어깨를 움찔거릴 정도였다.

메아리마저 잦아들었을 때, 아수라천마의 안광은 그 어느 때보다 날카로워졌다.

백무결은 차분히 아수라천마의 다음 말을 기다렸다.

그러나 그것은 음성이 아닌 전음이었다.

[신성무혼님, 아, 아니… 백 형!]

느닷없는 전음에 백무결은 머리가 하얗게 표백되는 것 같왔다. 갑자기 망치로 뒤통수를 한 대 가격당한다면 이런 느낌일까?

상대는 아수라천마였다.

마도의 전설!

마도의 절대자!

그 아수라천마가 자신을 애송이가 아닌 신성무혼님이라고 부른 것이다. 또 백 형은 뭐란 말인가!

그러나 곧바로 백무결은 자신이 환청을 들었다는 것을 깨달았다.

그 증거로 아수라천마는 여전히 날카로운 눈빛에 오만하기 짝이 없는 표정을 짓고 있었다.

그렇다. 그는 마교 교주이자 잔혹한 마도의 살인마인 것이다.

바로 그 순간이었다.

[백 형, 이제 그만 합시다.]

백무결이 숨을 흑, 하고 들이켰다.

환청이 아니었다.

전음이지만 분명히 아수라천마의 음성은 미미하게 떨리기까지 하고 있었다.

'말도 안 돼!'

아수라천마가 두려워하고 있었다.

이래선 안 된다. 백무결은 화가 나 견딜 수가 없었다.

길이길이 전설로 남아야 한단 말이다! 심약하기 짝이 없는, 전전긍긍 마교 교주 따위를 물리쳤다고 기록될 순 없었다.

[닥쳐라!]

백무결은 전음으로 고함쳤다.

천위칠군에겐 무슨 일이 있어도 이 사실이 알려지면 안 된다.

그들이 훗날 말하길, 나라도 손쉽게 꺾을 수 있을 만큼 아수라천마는 보잘것없더군, 이라는 말이 새어 나오면 자신이 그동안 겪은, 열두 번의 죽을 고비를 넘기며 이루어내고자 했던 것들이 산산이 부서지고 만다.

[죽은 듯 조용히 살겠네. 심산유곡에 깊이 파묻혀 결코 강호에 모습을 드러내지 않을 생각이네. 그러니 제발 백 형…….]

"그럴 수 없다!"

백무결이 버럭 노성을 터뜨렸다. 분노 탓에 전음조차 망각해 버린 탓이었다.

[백 형, 다 듣겠네. 내 체면도 있으니 전음으로 해주시게.]

[그래, 좋아. 내가 흥분했군. 나도 그대가 전전긍긍 마교 교주의 모습으로 최후를 맞이하는 건 원치 않는다. 아수라천마여, 부디 마도의 지존으로서 당당히 죽음을 맞이하라.]

[난, 난 살고 싶네. 넓은 아량을 베풀면 안 되겠나? 내가 살면 얼마나 더 산다고…….]

[그러니까 죽어! 긴말 할 것 없다. 더 이상 쓸데없는 소리를 주절대면 단번에 묵사발을 만들어주겠다.]

[······.]

아수라천마는 대답이 없었다.

현재 그는 오만하게 턱을 치켜들고 있었으나 백무결만큼은 그가 깊이 절망하고 있다는 것을 느낄 수 있었다.

"크하하하하하!"

아수라천마가 광소를 터뜨렸다.

지존광대한 기운이 넘실거리며 주변을 물들였다.

웃음이 끝나갈 때쯤 아수라천마가 전음을 날렸다.

[이 개 새끼!]

백무결은 대답없이 그저 바라보기만 했다.

이제 보니 대화를 나눌 가치도 없는 인간이었다. 저런 자가 어찌 마도의 전설이라고 불렸는지 모를 일이었다. 마도의 전설이 아니라 마도의 대사기꾼이자 겁쟁이였다. 어서 빨리 계획한 대로 천 초를 채우고 몸을 으깨 버리고 싶었다.

백무결은 결전의 시작을 고했다.

"마도의 전설이라 불린 아수라천마와 겨룰 수 있어 영광이오! 자, 손을 쓰리다."

아수라천마와의 거리는 오십 보. 백무결은 기를 끌어올렸다.

순식간에 백무결의 온몸이 백색 광휘로 뒤덮였다.

극렬순백장이었다.

천위칠군이 감탄을 토하며 일제히 뒤로 물러섰다.

아수라천마도 그에 맞서 기를 운집했다.

백무결과 달리 자줏빛 광채가 은은히 그의 몸 주변을 감돌았다.

두 사람은 누가 먼저랄 것도 없이 서로를 향해 치달았다.

백색 광망과 자줏빛 광채가 부딪쳤다.

콰콰광!

빛의 충돌, 힘의 충돌, 그 여파로 거대한 폭발이 일었다.

마운봉이 떠나갈 듯한 그 거대 폭발 속에 주변의 흙먼지가 구름처럼 솟구쳤다.

마운봉의 결전.

무림사에 한 획을 긋는 승부는 그곳에서 펼쳐졌다.

신성무혼 백무결! 아수라천마 도천혁!

잔잔한 바람 속에 정도와 마도의 영웅은 마주 섰다.

……(중략)…….

천하인들은 신성무혼 백무결이 아수라천마를 꺾고 천하에 우뚝 설 것을 의심치 않았다. 아수라천마가 피를 토하며 죽을 것이라고 확신했다. 오직 쓸쓸한 바람만이 아수라천마의 편에 섰다고 해도 과언이 아니었다.

……(중략)…….

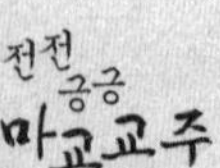

마운봉에서 마도의 영웅 아수라천마는 본색을 드러냈다.

그는 한평생 두려움을 모르는 자였다. 빠른 결단과 잔악한 손속으로 악명을 떨친 자였다. 날카로운 눈매에 광오한 시선으로 백무결을 맞은 그는…….

진실로 위대한 마인이었다.

단 일 합!

승부는 그것으로 끝이었다.

패기 가득 승리를 자신했던 신성무혼은 단 일 합에 요절했다.

마도의 전설, 광오하기 짝이 없는 아수라천마 앞에서는 천하의 기대를 한 몸에 받은 백무결도 한날 혈기 어린 청년에 불과했던 것이다.

단 한 순간도 비굴한 모습을 보인 적이 없는 아수라천마는 그의 타고난 성정만큼이나 강한 자였다.

……(후략)…….

　　　　　　　—사도윤의 무림잔혹사(武林殘酷史) 중에서 발췌.

탁!

아수라천마가 책을 덮었다.

책 앞면에 '무림잔혹사' 라는 제목이 적혀 있고, 아래쪽에 '사도윤' 이라는 이름이 드러났다. 만족스러운 미소 속에 아수라천마는 나직이 중얼거렸다.

"백무결……."

어느덧 삼 년의 세월이 흘렀다.

하지만 돌이켜 보면 어제의 일처럼 선명하기만 하다.

백무결의 등장은 그야말로 충격과 공포였다.

더 크게 성장하기 전에 싹을 자르려 얼마나 갖은 애를 썼는

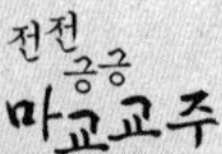

지 모른다.

그럼에도 백무결은 불사신처럼 살아났고, 더욱 강해져서 돌아왔다. 거기에 충성을 서약한 수하들은 배신을 거듭하는가 하면 설상가상으로 세 아들은 위난 속에서 교주 자리를 노리고 상쟁하며 심지어 아버지인 자신의 목숨까지 노렸다.

그 사실을 떠올리자 아수라천마는 내장이 토막 나는 고통 속에 빠져들었다.

잠시 후 신색을 회복한 그는 고개를 가로저었다.

지금은 과거 속에 얽매여 괴로워할 때가 아니었다.

아니, 오히려 과거는 괴로워할 것보단 기뻐해야 할 것이 더 많았다.

아수라천마는 백무결의 마지막 공격을 떠올렸다.

왜 백무결은 최강의 신공을 펼치지 않았던 것일까?

살려달라고 빌어도 단호히 거절했던 백무결이 왜 제 실력을 발휘하지 않았는지는 여전히 의문 부호로 남는다.

“후후, 알다가도 모를 일이야.”

하지만 그 덕분에 지금 권좌를 지킬 수 있게 되었고, 후대도 생각할 수 있었다.

아수라천마는 여유롭게 수염을 쓰다듬었다.

마운봉의 결전 이후, 마교를 재정비하고 설빙옥을 아내로 맞았다. 지금 그녀는 만삭이었다. 교 내에서 최고 의술 실력을 지닌 독현마의는 사내아이라고 단언했다.

그렇다.

이제 두 달만 있으면 후계자가 태어난다.

아들을 위해 아수라천마는 이미 '유강(柔剛)'이라는 이름도 지어두었다.

세 아들은 서로 상쟁하고 반란을 획책하다 결국 죽음을 맞이했다. 아들들은 떠났지만 인생의 깊은 교훈은 남았다. 오직 힘만을 강조해 온 탓에 절대 권력에 눈이 어두운 자가 되게 한 것은 순전히 자신의 책임이랄 수 있었다.

유강은 그런 길을 가게 해선 안 된다.

부드러울 유(柔), 강할 강(剛)이라는 이름을 준비한 것도 부드러움과 강함을 겸비한 자가 되길 바라는 뜻에서였다.

유강은 충과 효, 의를 알면서도 강력한 힘을 지닌 위대한 마교의 교주, 최강의 교주가 되도록 키워야 한다.

또한 유강의 곁엔 어떤 최악의 상황에서도 배신하지 않을 절대적인 충성으로 무장한 수하 하나쯤은 있어야 한다. 그래야만 피와 상쟁이 끊이지 않는 마교의 지존으로 살아남을 수 있다.

"읍!"

느닷없이 극통이 일었다.

아수라천마는 가슴 어림을 매만졌다.

가끔씩 부지불식간에 통증은 찾아왔다가 잠시 후면 사라

지곤 했다.

　백무결이 비록 일 합에 절명하긴 했으나 역시 신성무혼은 신성무혼이었다. 누구에게도 내색은 하지 않았지만 그도 나름 심각한 내상을 피할 수 없었다. 언제 어느 때 주화입마가 찾아온다고 해도 이상할 것이 없는 상황이었다.

　시간이 없다.

　아수라천마는 모질게 마음을 다그쳤다.

　남은 생애는 유강을 위해 준비해야 한다.

　절대무존 도유강!

　천하지존 도유강!

　마도전설 도유강!

　도유강은 이런 칭호로 불려야 한다.

　아수라천마는 지그시 눈을 감았다.

　어느덧 미래의 안배가 차곡차곡 머릿속으로 정리되어 갔다.

　가만히 그의 입이 열렸다.

　"사랑한다, 나의 아들 유강아……."

第一章
전전긍긍 유전

전전긍긍
마교교주

한 청년이 서탁에 앉아 책을 읽고 있었다.

스무 살이 안 되어 보이는 청년은 준수한 용모에 눈매가 유독 날카롭고, 살짝 다문 입술에 고집이 엿보였다.

"흠……."

마음에 드는 부분을 발견했는지 청년이 낮게 침음성을 흘리며 연신 고개를 끄덕였다.

"좋은 뜻이로다."

청년은 다시 책장을 넘기며 독서에 몰두했다.

그러다 문득 감탄사를 터뜨렸다.

"하아, 훌륭하구나."

청년이 바라보는 지점엔 다음과 같은 말이 기록되어 있었
다.

그가 부를 내세우는가?
그럼 나는 인을 내세우리라.
그가 지위를 내세우는가?
그럼 나는 의로움을 내세우리라.
군자는 본디 지위에 좌우되지 않는다.
사람이 힘을 다하면 하늘을 이기고,
뜻이 한결같으면 기질도 바꿀 수 있다.
결코 군자는 조물주의 틀 속에 갇히지 않도다.

연신 감탄하던 청년의 안색이 급격히 어두워졌다.
청년이 입을 열어 한숨처럼 중얼거렸다.
"유강아, 유강아, 듣고 있느냐? 과연 뜻이 한결같으면 원하
는 바를 이룰 수 있단 말이냐?"
서재 안에는 청년 외엔 아무도 없었다.
청년이 스스로를 칭하며 한탄한 것이었다.
그때 갑자기 문 두드리는 소리가 났다.
"누구냐?"
도유강은 밖을 향해 말하면서 읽고 있던 책을 다른 책으로
덮었다.

"생사객이 소교주님을 뵈옵니다."

생사객? 도유강은 고개를 갸웃했다.

생사객은 마교 내에서 고문 전문가로, 그의 고문은 잔혹하기로 이름 높았다. 그런 생사객이 왜 자신을 찾는단 말인가? 일단 들어는 봐야겠다는 생각에 도유강이 응답했다.

"들어오라."

문이 열리고 등이 굽은 꼽추에 얼굴에 대여섯 개의 사마귀가 달린 생사객이 예를 갖췄다.

"그래, 무슨 일이냐?"

"다름이 아니옵고, 속하는 얼마 전 본 교 부근을 기웃거리던 정파 놈 하나를 고문하고 있사온데 그에 경과보고를 드리고자 찾아뵈었습니다."

"왜 갑자기 보고할 생각을 하게 된 게냐?"

"교주님께서 명하셨습니다. 속하는 그저 따를 뿐입니다."

도유강은 눈살을 찡그렸다. 아버지의 의중을 알 수 있었기 때문이다. 본격적인 차기 교주로서의 길을 걷길 바라시는 것이다. 별로 듣고 싶지 않았지만 어쩔 수 없는 노릇이었다.

"말하라."

"죄인은 스물아홉의 남자이며 은신술에 능한 자였습니다. 속하는 죄인을 지하 뇌옥에서 총 사흘에 걸쳐 고문하였는데, 첫째 날에는 허벅지부터 발가락 끝까지 껍질을 벗긴 후 소금

물에 반나절가량 담가두었습니다.”

도유강은 순간 손으로 입을 틀어막으려던 것을 가까스로 참아냈다. 살갗이 조금만 벗겨져도 쓰리고 아플진대 소금이라니. 그 잔혹함에 오금이 저려오고 치가 떨렸다.

생사객의 말이 이어졌다.

“그럼에도 불구하고 죄인은 끝내 입을 열지 않았습니다. 그리하여 속하는 굶주린 돼지를 옆에 두고 죄인의 발을 얇게 썰어 한 점 한 점 돼지에게 먹였습니다.”

도유강은 머리가 하얗게 변해 버렸다.

주위를 기웃거렸다는 이유만으로 사람을 그리 잔혹하게 토막질한다는 것은 사람으로서 할 짓이 아니었다. 그자가 비록 정파의 끄나풀이었다고 해도 그래선 안 되는 일이었다.

도유강은 그자의 고통에 차 내지르는 비명 소리가 들리는 것 같았다. 온몸의 털이 곤두서고 숨을 쉬기가 힘들어졌다. 도유강은 주먹을 움켜쥐고, 입술을 깨물며 떨리는 몸을 붙들었다.

‘도유강, 넌 마교의 소교주다. 이런 일로 약해져선 안 된다. 넌 너무 약해. 이만한 일로 전전긍긍해선 안 된다.’

도유강이 머리가 하얗게 표백되다시피 혼돈에 빠져 스스로의 마음을 다스리고 있을 때, 생사객의 보고는 잔잔히 계속 이어졌다.

　"죄인은 심히 대단한 자였습니다. 눈앞의 돼지가 자신의 발을 먹어치움에도 불구하고 계속 염탐한 것이 아니라는 말만 되풀이했습니다. 어쩔 수 없이 속하는 죄인의 허리 아래까지 잘게 썰어버렸고, 현재 죄인은 허리 아래는 사라진 상태입니다."

　생사객의 음성엔 자부심까지 묻어났다. 이토록 잔혹한 수법을 쓸 수 있는 자는 세상에 자신 외엔 아무도 없을 것이라는 표정까지 서슴없이 드러내 놓고 있었다.

　그러나 이때 도유강은 더 이상 생사객의 말을 듣고 있지 않은 상태였다.

　'내가 선 곳은 마교다. 지금의 나는 너무 약해. 이래선 안 돼! 약하다고! 약해!'

　도유강이 자리를 박차고 일어났다.

　"약해!"

　주먹을 부서질 듯 움켜쥐며 분노에 찬 모습으로 도유강이 속마음을 그만 토해내고 말았다.

　생사객의 안색이 하얗게 질려 버렸다.

　그는 교주님의 지시로 소교주께 칭찬을 받기 위해 이번 고문에 온갖 심혈을 기울였다. 너무 심한 것이 아니냐는 말이 나올 것이라고 생각했거늘 착각도 유분수였다. 역시 소교주님은 마도의 전설이신 아수라천마님의 혈통다웠다. 늘 고요한 모습을 보면서 뭇 마교의 수뇌들은 그 속에 얼마나 큰 잔혹함이 깃들어 있을지 모른다는 말을 나누곤 했는데 그 말이 맞았다.

"죄, 죄송합니다. 속하… 실력이 부족함을 통감하고 더욱 더 가열차게 고문하겠습니다."

분위기가 더 말을 나눌 만한 상황이 아닌 듯하여 생사객은 급히 머리를 조아리고 자리를 벗어났다.

도유강은 한참 동안 닫힌 문을 바라봤다.

그러다 무너지듯 의자에 앉더니 탄식을 토해냈다.

"맙소사, 약해라니……."

이 오해로 인해 앞으로 어떤 고문이 펼쳐지게 될지 상상조차 할 수가 없었다. 문득 정신을 차려보니 생사객의 마지막 말은 '최선을 다하겠습니다' 였다.

인간이 인간을 고문함에 있어 지금보다 더 최선을 다한다면 도대체 무슨 짓을 해버리겠다는 것인가?

이건 아니었다.

마도와 정파! 이 끝없는 혈전 속에 살아가는 것을 참다운 인생이라고 할 순 없었다.

"나는 나의 삶을 살겠어. 강호 속의 내가 아닌 순수한 자연인으로서의 나의 삶을. 난 결코 조물주의 틀 속에 갇히지 않겠다."

도유강은 서쪽 창가의 서탁에 앉아 있었다.

해가 저물어 붉은 석양이 서탁의 절반쯤을 비추고 있었
다.

도유강이 붓을 쥔 손을 부지런히 놀리며 글을 적어 나갔
다.

문득 붓이 멈췄다.

도유강은 날카로운 검미를 꿈틀거리고는 쓰다 만 종이를
마구 구겼다.

화르르르!

삼매진화를 일으키자, 연기와 함께 종이는 재가 되었다.

도유강은 혀로 위아래 입술을 훑으며 문 쪽을 바라봤다.

"늦군. 목이 꽤 타는데."

도유강은 새 종이를 곱게 펼치고는 다시 붓을 놀렸다.

쓰윽, 쓰윽.

한 글자 한 글자 혼신을 다했다.

일곱 문장 정도 적어 나갔을 때, 문을 두드리는 소리가 들
렸다.

도유강은 잽싸게 종이를 책상 밑으로 숨기고 말했다.

"들어오라."

곧 문이 열리고 시녀 초희가 두 손으로 쟁반을 받쳐 들고
걸어왔다. 잠자리 날개같이 속살이 훤히 비치는 옷차림의 초
희는 경국지색까진 아니지만 빼어난 미모였다.

초희는 가슴 쪽에 젖가슴이 검붉게 도드라져 보이고, 허리

선을 따라 엉덩이까지 기가 막힌 곡선을 여실히 드러내고 있었다.

"소교주님, 늦어서 죄송합니다. 소녀를 용서하세요."

초희는 안색이 창백하고 이마엔 식은땀이 맺혀 있었다. 가녀린 어깨도 미세하게 떨었다.

"괜찮다. 내려놓고 나가보아라."

도유강은 최대한 무심한 티를 내려고 노력했다.

"성은에 감사드립니다."

초희는 조심스러운 몸짓으로 냉차를 내려놓고 나갔다.

큰 복숭아 같은 엉덩이가 조심스럽게 살랑였다.

넋을 놓고 엉덩이를 좇던 도유강은 꿀꺽 하고 침을 삼켰다. 초희의 엉덩이는 문 너머로 사라졌지만 도유강의 두 눈에 여전히 어른거렸다.

"이게 무슨 짓이냐, 도유강! 이럴 때가 아니다."

도유강은 불쑥 정신이 돌아온 사람처럼 머리를 마구 흔들며 스스로를 꾸짖었다.

냉차를 단숨에 들이켰다.

다시 머리가 맑아졌다.

쓰다 만 서신을 책상 위에 펴놓고 다음 문장을 이어갔다.

냉차 덕분인지, 아니면 초희의 엉덩이가 반대급부를 자극해 정신을 맑게 한 것인지는 모르지만 이번에는 마지막까지 막힘이 없었다.

도유강은 천천히 처음부터 읽어보았다.

술술 잘 읽혔고, 예의를 다한 문장이었다.

하지만 끝까지 다 읽었을 때, 도유강의 안색은 급격히 어두워졌다.

"젠장!"

도유강이 서신을 쫙쫙 찢어발겼다.

종이는 순식간에 여섯 조각으로 찢어졌다.

제일 아래쪽에 '아버님께 올립니다' 라는 글귀가 보였고, 중간쯤에 '소자는 마교 교주가 아닌 평범한 사람으로 살고 싶습…' 까지 보였다.

우측 끝 조각에는 '소자의 존재는 마교의 수뇌들에게만 드러난 만큼…' 이라고 적혀 있었고, 위쪽 종이에는 '더 나은 이가 교주 직을 이어받는 것이 옳다고 생각…' 이라는 부분에서 찢겨져 나갔다.

도유강은 종잇조각을 모아 마구 구긴 다음 삼매진화를 일으켰다.

연기가 나고 손을 펴자, 재가 탁자에 흘러내렸다.

역시 서신으로 해결될 문제가 아니었다.

아버님 앞에 무릎을 꿇고 진심이 담긴 목소리로 말해야 했다.

예를 들어 이렇게.

"아버님! 소자는 충과 효, 예와 의를 가르침 받았습니다.

소자는 마교 교주로서의 미래보다는 평범한 삶을 살길 원합니다. 마교의 지존은 아버님처럼 강인한 성품을 지닌 이가 올라야 한다고 생각합니다. 부디……."

이 대목에 이르면 분명히 대노하실 것이리라.

그러나 희망이 없는 건 아니었다. 아버지는 지금껏 단 한 번도 손찌검조차 하지 않으셨다. 마도의 전설이자, 악명이 자자한 아수라천마가 말이다. 드러내 놓고 따스한 눈빛을 주신 적은 없지만 도유강은 아버지의 사랑을 알 수 있었다. 그건 어떻게 아느냐의 문제가 아니었다. 그냥 알 수 있는 것이다.

도유강은 자리를 박차고 일어났다.

그때 거의 동시에 문이 벌컥 열렸다.

쾅!

내심 긴장하고 있던 도유강은 흠칫 몸을 떨었다.

"소교주님!"

육장로 중 한 명인 소면마군이었다.

소면마군의 음성은 비통하기 이를 데 없었지만 그의 얼굴은 활짝 웃고 있었다. 그는 언제나 웃는 자였다. 슬퍼도 기뻐도 화가 나도, 심지어 사람을 죽일 때도 늘 웃었다. 그래서 그의 별호도 웃는 얼굴이라는 뜻의 소면(笑面)이었다.

"무슨 일이냐?"

도유강이 버럭 소리쳤다.

“교주님께서 위독하십니다.”

“뭐라고?”

우지끈!

움켜쥔 서탁이 부서졌다.

날벼락이었다.

“아버지!”

침소로 뛰어들어 가며 도유강이 부르짖었다.

마교 교주 아수라천마 도천혁은 창백한 낯빛 속에서 거칠게 숨을 몰아쉬고 있었다.

안면 근육이 미약하게 실룩였다.

아수라천마는 미소를 짓고 싶은 것처럼 보였다. 그러나 실패였다.

도유강이 손을 부여잡았다.

“어떻게 된 일입니까?”

“내 아들… 사랑하는… 유강아… 이제 네가… 마교의 교주……”

그 말을 끝으로 아수라천마가 눈을 감았다.

미약하게 맞잡던 손아귀의 힘도 풀렸다.

“아버지~ 아버지~ 아버지~!”

도유강이 격하게 몸을 끌어안았다.

뒤에 시립해 있던 육장로의 갈라진 목소리가 그 뒤를 이었다.

"교주님!"

자정이 가까워지고 있었다.

하지만 도유강은 잠을 이룰 수가 없었다.

어느덧 아버지가 돌아가신 지도 칠 일이 지났다.

이 자정을 넘기면 장례 절차는 온전히 끝을 맺는다.

그 뜻은 아침이 되면 자신이 제십육대 마교 교주가 된다는
의미였다.

"마교 교주라니……."

도유강이 나직이 한숨을 토하듯 중얼거렸다.

칠 일 전만 해도 마교를 박차고 나갈 궁리만 하고 있었
다.

어머니는 세 살 때 돌아가셨지만 아버지만큼은 백 년이고
천 년이고 살아 계실 것이라고 생각했다. 아버지는 마도의 전
설로 불리신 만큼이나 지금껏 단 한 번의 흔들림이나 근심에
찬 모습을 보지 못했기 때문이다.

좌로 우로 뒤척이던 도유강은 결국 잠을 청하길 포기하고
침상을 빠져나왔다.

호롱불을 켤까 하다 달빛으로도 충분하다 싶어 휘장을 걷
었다.

"술이 필요한 밤이로군."

평소 술을 즐기진 않았지만 술이 없이는 꼬박 밤을 새울 것만 같았다. 그건 옳은 선택이랄 수 없었다. 해가 솟아나면 운명에 따라 마교 교주가 되어야 하는 것이다. 졸린 눈으로 뭇 마교의 고수들을 대할 순 없는 노릇이니까.

서랍장에서 술병을 집어 들고 탁자로 향했다.

그러나 채 세 걸음도 옮기기 전에 도유강은 완전히 얼어붙고 말았다.

"누구냐?"

바로 지척에 한 사내가 서 있었다.

등에 장검을 멘 사내는 사십대 전후로 보였다.

처음 보는 얼굴이었다. 문제는 이 사내가 어떻게 철통같은 경비를 뚫고 이 자리에 서 있을 수 있느냐 하는 것이었다. 게다가 방금 들어온 것 같기도 하고, 여태껏 어둠 속에 계속 서 있었던 것 같기도 했다.

"무례를 용서하십시오."

사내가 입을 열었다.

그러나 그 말에 미처 어떤 대답을 하기도 전에 도유강은 자신이 사내의 옆구리에 끼어진 것을 알 수 있었다. 도대체 언제 어떻게 무슨 수법을 사용했는지 어느새 마혈까지 제압당한 상태였다. 귀신이 곡할 노릇이라고밖에는 달리 설명할 도리가 없었다.

이어 허공으로 솟구치는 느낌이 들면서 쾅, 하는 소리가 났다.

시야가 확 바뀌고 천장이 훤히 열리며 달과 별이 한눈에 드러났다.

너무 놀란 나머지 비명조차 지를 수가 없었다.

납치였다!

사내가 기왓장을 밟고 내려섰을 때, 도유강은 달빛 아래 흑의무복에 적발을 휘날리며 다가오는 적발악령대와 야차추혼대의 백여 명에 이르는 정예를 볼 수 있었다.

선두에 선 자는 적발악령대주 음산서생과 야차추혼대주 불평귀영이었다.

그들을 본 것만으로 도유강은 절로 마음이 놓였다.

저들이라면 이 침입자를 능히 물리칠 수 있을 터였다.

비록 모종의 수법으로 마혈이 제압당하긴 했어도 말을 하는 데는 지장이 없었기에 도유강은 입을 열어 크게 외치려 했다.

그러나 그보다 음산서생이 더 빨랐다.

"저기 도유강이 도주한다! 반드시 놈을 추살해야 한다!"

도유강은 벌렸던 입을 다물지도 못하고 멍해져 버렸다. 귀가 잘못된 것일까? 귀의 기능 중에 환청을 듣는 능력이 지금 막 생겨난 것일까? 나를 추살해?

"음산서생… 그대가 어찌……"

이는 명백한 반란이었다. 전대 교주에 대한 예우 차원에서

장례 절차가 공식적으로 마무리되는 자정까지 기다린 것이리
라.

　자정을 넘어 오전 취임식까지의 공백을 이용한 반란!

　그러자 새로운 의문이 급격히 떠올랐다.

　그렇다면 대체 사냥감을 포획하듯 자신을 붙들고 있는 이
사내는 누구란 말인가?

　사내가 때마침 입을 열었다.

　"교주님, 염려 마십시오. 저들은 한낱 불나방에 불과합니
다."

　자기소개 대신 마교의 정예인 적발악령대와 야차추혼대를
가차없이 깎아내렸다.

　순간, 도유강의 목이 뒤로 확 꺾였다.

　동시에 거센 바람이 얼굴을 때렸다. 이어진 것은 비명 소리
였고, 그 비명에 맞춰 누구의 피인지 모를 피가 얼굴에 마구
튀었다.

　사내는 왼손으로 자신을 붙들고, 어느새 빼든 검으로 돼지
잡듯 마교의 정예 고수들을 도륙했다.

　자세히 볼 수 없었지만 정면에서 가로막던 적발악령대의
절반가량이 토막 났다는 것만은 알 수 있었다.

　"빠져나가겠습니다."

　사내의 말이 떨어지기가 무섭게 도유강은 하늘을 날았
다.

사내가 날아가 버렸기 때문이다.

"놈을 죽여라! 반드시 죽여야 한다!"

뒤쪽에서 음산서생의 살기등등한 음성이 메아리쳤다.

그러나 곧 그 목소리도 아스라이 멀어져 갔다.

사내는 바람이었고, 빛살이었다.

제십육대 교주의 취임은 예정대로 진행되었다.

다른 점이라면 도유강 대신 소면마군이 교주 자리에 올랐다는 것이다.

소면마군은 취임 즉시 심복들을 주요 요직에 심었다.

좌우호법을 정하고, 육장로를 내정하고, 십삼 개 최강의 무력 조직의 대주를 새롭게 정비했다.

충성의 서약에 반대하는 몇 안 되는 반대 세력을 숙청함에 있어서도 머뭇거리지 않았다.

그날 저녁, 마교 최고 수뇌들만의 회의실인 '비문(秘門)'에 교주 소면마군은 좌우호법, 육장로를 한자리에 부르고 성공적인 권력 찬탈에 대해 공을 치하했다.

이번 반란 계획은 이미 삼 년 전부터 세워진 것이었고, 끝내 목적을 달성한 만큼 숙원을 이룬 기쁨에 분위기는 어느 정도 들떠 있었다.

특히 교주의 좌우호법으로 임명된 청안마수와 염왕적의 기쁨은 다른 누구와 비할 바가 아니었다.

두 사람은 공히 소면마군의 심복 중의 심복이었고, 엄밀히 말하자면 소면마군의 제자나 다름이 없을 만큼 철저히 소면마군의 사람이었기 때문이다.

그러나 비문의 회의가 점차 끝을 향해 달려갈수록 청안마수와 염왕적의 안색은 눈에 띄게 어두워져 갔다.

다른 이들이 호탕하게 웃을 때도 그저 살짝 입술을 비트는 것이 전부였고, 동공을 불안하게 흔들면서 서로를 바라보며 의문스런 표정을 감추지 못했다.

결국 시간이 다해 비문의 회의가 파하고, 장로들이 모두 자리를 떴다.

소면마군은 뒤뜰로 천천히 걸음을 옮겼다. 청안마수와 염왕적은 조용히 그 뒤를 밟았다.

소면마군이 연못 앞에서 멈춰 섰다.

청안마수와 염왕적도 일곱 걸음 뒤쪽에 석상처럼 멈췄다.

"할 말이 많은 것 같구나."

소면마군이 연못을 응시하며 뒤를 돌아보지도 않은 채 말했다. 그의 어투는 매우 자연스러워 두 사람이 당연히 따라올 것을 예상한 것처럼 보였다.

청안마수와 염왕적은 그 말을 듣자마자 참아왔던 분노를 터뜨렸다.

"교주님, 제가 명을 내려주십시오! 장로들을 모조리 죽여 버리겠습니다!"

"장로들의 입이 언제쯤 열릴지 이제나저제나 기다리고 있었습니다. 하지만 끝내 장로들은 한마디 말조차 없었습니다. 저 벌레만도 못한 놈들을 두고 볼 수는 없습니다."

소면마군이 여전히 두 사람을 등진 채로 껄껄거리며 웃었다.

"도유강 때문이더냐?"

소면마군은 희로애락의 어느 지점에서도 웃었다.

그것을 누구보다 잘 알고 있는 청안마수와 염왕적은 이 웃음만으로는 지존이 장로들을 용서했다고 생각할 수 없었다.

청안마수가 눈을 빛내며 말했다. 그는 청령귀공이 십성에 달해 한쪽 눈동자는 검고 다른 한쪽은 푸른색이었다.

"소교주, 아니, 도유강은 마도의 전설이라 불린 전대 교주님의 모든 재능과 성품을 고스란히 이어받았습니다. 한데 장로들은 회의 중 도유강을 추살하자는 이야기는 한마디도 거론하지 않았습니다. 후환을 남겨두면 언젠가는 후회할 날이 오고 말 것입니다."

"맞습니다. 도유강의 천하를 깔보는 듯한 오만한 표정만 보아도 반드시 복수를 하고자 할 것입니다. 그가 살아 있다면 교 내에서 또 다른 결집이 이루어지지 않는다고도 장담할 수 없는 일입니다."

염왕적도 말을 보탰다.

두 사람은 당장이라도 명이 떨어지면 도유강도 도유강이지만 그전에 장로들을 죽여 버리겠다는 듯 눈을 빛냈다.

소면마군이 돌아섰다.

"전대 교주이신 아수라천마님은 마땅히 존경받을 만한 분이지. 그분은 홀로 마교를 지켜내신 분이기도 하고."

"그 때문이십니까?"

청안마수와 염왕적이 동시에 물었다.

소면마군이 고개를 저었다.

"도유강을 죽여선 안 되기 때문이다."

청안마수와 염왕적의 얼굴에 의문 덩어리가 자리 잡았다.

"너희는 아수라천마께서 하나뿐인 아들을 위해 아무런 안배도 하지 않으셨으리라 생각하느냐? 그분은 마도의 전설이시다. 결코 두려움이라고는 모르는 분이었지. 깊은 심계를 지닌 분이기도 하고."

경청하는 두 사람은 여전히 무슨 뜻인지 알 수가 없었다.

소면마군이 말을 이었다.

"도유강이 마교를 벗어날 수 있었던 것은 오직 한 가지 안배에 의해서였다. 그 안배는 절대적이고 완벽한 것임에 의심의 여지가 없다."

"무슨 뜻이온지……."

청안마수가 조심스럽게 물었다.

"도유강을 도운 그자! 아수라천마께선 장로들에게만 그자를 소개했다. 본좌는 그를 두 번 보았다. 첫 번째는 다섯 장로와 함께한 공식적인 자리였고, 두 번째는 내 침소에서였다. 새벽녘이었지. 목 아래가 서늘해서 깨어났었다. 그자가 검을 겨누고 있었다. 난 그가 언제부터 내 목을 겨누고 있었는지조차 알 수 없었다. 어떤 낌새도 알아차리지 못한 게지. 후후후, 그건 경고였다. 그 덕분에 본좌는 더욱 조심스럽게 일을 추진해야만 했다."

청안마수와 염왕적은 자신들도 모르게 목을 매만졌다.

지금 눈앞에 선 교주님은 주군임과 동시에 스승이다. 그렇기에 무공 수위가 어느 정도인지 상상조차 할 수가 없었다. 두 사람은 눈을 깜박이는 것도 잊고, 스스로 마른침을 삼키고 있다는 것도 깨닫지 못했다.

소면마군이 말했다.

"도유강을 죽이는 건 쉽다. 매우 쉽지. 하하하하!"

청안마수와 염왕적이 숨을 죽인 채 다음 말을 기다렸다.

"그러나 도유강을 죽이면 마교는 큰 재앙에 직면하게 될 것이다. 아수라천마님의 절대적인 안배, 사랑하는 아들을 위해 그 곁에 심어둔 충성심 가득한 수하는 단 한 명에 불과하지만… 만약 그자가 죽음을 각오하고 분노의 칼을 마교로 돌릴 시엔……"

청안마수와 염왕적이 바싹 긴장했다.

소면마군이 정녕 기쁜 듯 환하게 웃었다.

"…마교의 절반은 죽을 각오를 해야 한다."

청안마수와 염왕적이 터져 나오려는 기겁성을 간신히 참아냈다.

원래 두 사람은 지난밤 도유강을 추격하려고 했으나 주군의 만류로 발걸음을 돌려야 했다. 차마 그 일을 추궁하지 못하고 의문만 안고 있었는데 비로소 그 답을 들은 셈이었다.

"그럼 주군께서 지난밤 추격하려던 저희를 만류하신 것은……?"

염왕적이 확인차 물었다.

"그렇다. 너희를 죽게 버려둘 수 없었기 때문이지."

청안마수와 염왕적이 바로 그 자리에서 부복했다.

"천천세 만만세! 하해와 같은 성은에 심장으로 충성을 다하겠습니다."

소면마군이 고개를 끄덕이며 환한 미소를 머금었다.

"이미 손은 써놓았다. 그저 도유강이 현명한 선택을 하길 바랄 뿐."

청안마수와 염왕적은 무슨 뜻인지 알아들을 수 없었으나 빈틈이라곤 찾아볼 수 없는 주군이니만큼 그저 기다리면 모든 것이 해결될 것이라고 굳게 믿었다.

소면마군이 달을 올려다보았다. 달빛 속에 도유강의 얼굴이 겹쳐 보였다.

'도유강… 너는 네 길을 가고 싶다고 했었지. 후후후, 그 말이 나를 떠보기 위함이 아니었길 바란다.'

第二章
절대적인 충성

이제 묻는 것도 지쳤다.

도유강은 깊은 무력감에 사로잡혔다.

정체 모를 사내의 옆구리에 들린 채로 만 하루가 채워져 가고 있었다.

한밤에 마교 반란 세력으로부터 탈출해 또다시 밤이 되었다. 그 와중에 도유강은 셀 수 없이 질문을 던졌다.

"너는 누구냐?"

"대체 어디까지 갈 셈이냐?"

사내는 대답하지 않았다.

해질 무렵부터는 도유강도 더 묻지 않았다. 할 수 있는 일

이라곤 그저 매달린 채로 세찬 바람을 맞는 일이 전부였기에
될 대로 되라는 심정이 되고 말았다.

그사이 지루함이 끼어들어 잠깐 잠을 청하기까지 했다.

그렇게 비몽사몽간에 선잠을 자다 다시 눈을 떴을 때,

놈은 여전히 처달리고 있었다.

어둠이 무겁게 내려앉고, 달과 별이 하늘을 수놓았다.

깊은 한숨이 절로 터져 나왔다.

내공이 심후하다는 것을 자랑하고 싶은 것이라면 대성공
이라고 말해주고 싶었다. 하루를 꼬박 동일한 속도로, 그것도
가공하리만치 빠르게 달릴 수 있다는 것은 그저 대단하다는
말조차 부족할 정도였으니까.

그래도 박수를 쳐줄 순 없었다. 박수를 치는 순간 사내는
신바람이 나서 한 달이고 일 년이고 내내 처달릴 것 같았기
때문이다.

워낙 빠르게 달리는 탓에 주변 밤 풍광이 어떤지도 알 수
없어 도유강은 낚시꾼에게 잡힌 붕어처럼 그저 천천히 눈을
떴다 감았다 했다.

"섬서입니다."

환청이 들렸다.

그러다 문득 도유강은 '어?' 하고 토하듯 말했다.

세찬 바람이 더 이상 느껴지지 않았다.

드디어!

이 정체 모를!

조금 정신이 나간 듯한!

내공이 무지막지한 인간이 달리길 멈춘 것이다.

툭, 소리와 함께 혈도가 풀렸다.

도유강은 땅을 밟고 섰다.

하루에 불과했지만 두 발로 선 것이 이렇게 기쁠 줄 몰랐다. 작은 행복이 피어났다. 오랫동안 혈도가 제압당해 몸이 저렸지만 지금은 저린 몸이나 걱정하고 있을 때가 아니었다.

"너는 대체 누구냐?"

매달린 채 수없이 물었던 말을 다시 되풀이했다.

사내가 바로 한쪽 무릎을 꿇었다.

"풍천이 주군을 뵙습니다."

"풍천? 나는 너를 모르는데 너는 날 알고 있구나."

도유강은 의심스럽게 풍천이라는 사내를 바라봤다.

일단 목소리는 충성스럽다.

하지만 '도유강을 죽여라!' 라며 고함치던 음산서생도 충성스러운 자였다. 어쩌면 지금 이 해괴한 상황도 역모의 연장선상일지도 몰랐다.

마교 십만대산의 수많은 경계망을 이 사내가 홀로 뚫고 나왔다는 것이 의심의 근간이었다. 아무리 봐도 현실성이 없었다.

눈앞에서 무릎을 꿇고 있긴 하나 갑자기 벌떡 일어나 조롱

기 가득한 얼굴로 '도유강, 재미있었나? 장난은 여기까지다'
라고 지껄일 것만 같았다.

그런 일은 벌어지지 않았다.

대신,

"교주님께서는 주군을 영원히 보필하라는 뜻으로 소인을
만드셨습니다."

도유강은 잠시 기가 막힌 눈빛으로 사내를 바라봤다.

만들었다고? 나무나 쇠도 아닌 사람일진대 이자는 서슴없
이 자신을 물질로 표현하고 있었다.

"일어서라."

"일어서겠습니다."

도유강은 사내를 처음으로 똑바로 응시했다.

침소에서의 첫 만남은 너무도 급작스러워 제대로 얼굴을
볼 수가 없었고, 그 후로는 옆구리에 매달려 가는 형편이라
당연히 안면 구조에 대해 파악하는 건 불가능했다.

풍천이란 사내의 얼굴엔 '충직'과 '우직'이라는 글자가 새
겨진 것 같았다. 논밭에서 곡식을 심는, 혹은 평생 나무꾼으
로 우직하게 살아가는, 옆길을 모르는 자의 모습이었다.

달리 말하자면 촌놈처럼 생겼다는 뜻이다.

눈은 뜬 것인지 감은 것인지 분간하기 힘들 정도여서 그냥
눈이 있어야 할 자리에 두 개의 가느다란 줄을 그려놓은 것처
럼 보였다. 초상화를 그리는 자는 수고하지 않아도 될 것 같

았다.

양 볼은 조금 두툼했다. 그에 보조를 맞추려는 듯 입술도 두툼했다. 그 두툼한 입술을 굳게 다물고 있는 것을 보자니 쓸데없는 소리 따윈 지껄이지 않겠다는 결심이 엿보였다.

전체적으로는 어깨가 딱 벌어진 거구의 몸이었다.

인체 구조상 가장 압권은 뭐니 뭐니 해도 목이었다. 다리부터 쭉 훑어 배, 가슴, 어깨까지 갔다가 바로 머리가 나왔다. 목은 어디로 갔는지 도무지 찾을 길이 없었다.

"한 가지 묻겠다."

더 자세히 훑어볼 것도 없었기에 도유강은 본론으로 들어갔다.

"말씀하십시오."

"반란 수괴가 누구냐?"

"소면마군입니다."

"소면마군? 그럴 리 없다. 그는 아버지의 둘도 없는 충성스러운 수하다."

육장로 중 도유강이 가장 믿고 신뢰했던 이도 바로 소면마군이었다.

"주군의 말씀이 옳습니다. 그는 전대 교주님의 충성스러운 수하입니다. 하지만 제 눈앞에 계신 신임 교주님의 충성스러운 수하는 아닙니다."

"나는 교주가 아니다."

도유강이 정정해 주었다.

“전임 교주이신 아수라천마께서 주군을 내정하셨습니다. 소면마군 따위는 잠시 마교를 맡고 있는 자에 불과합니다.”

“그 이야기는 뒤에 하기로 하지. 아버지의 죽음은 소면마군의 짓이냐?”

순간 풍천의 낯빛이 어두워졌다.

“아수라천마께선 주화입마로… 승하하셨습니다.”

풍천의 목소리가 메어 들어갔다.

도유강은 고개를 끄덕였다.

다행스러운 일이었다. 수하의 배반의 칼에 죽임을 당한 것이 아니었다. 최소한 원망없이 눈을 감으신 셈이다.

“흠, 한 가지 의문점이 생기는구나. 너는 방금 소면마군이 반란을 주도했다고 했다. 그건 미리 알고 있었다는 뜻이라고 해석해도 되겠느냐?”

“소인을 벌하여 주십시오. 누차 교주님께 소면마군의 불손한 움직임을 말씀드렸으나 교주님께서는 소면마군을 끝까지 신뢰하셨습니다. 교주님께서 급작스럽게 승하하실 때는 슬픔에 겨워 대비책을 제때 마련치 못했습니다. 소인을 죽여… 아니, 벌하여주십시오.”

“죽여달라는 말은 못하는 것이냐?”

“소인은 죽을 수 없습니다. 소인은 오직 십육대 교주님을 위해 만들어졌고, 십육대 교주님만이 제 존재의 의미입니다.

교주님께서 온전히 천하를 오시할 힘을 갖추시기 전까지는 죽어도 죽을 수 없습니다."

"틀렸다!"

도유강이 버럭 외쳤다.

풍천은 꿈쩍도 하지 않았다.

"십육대 교주는 소면마군이다. 그가 지존패를 쥐었다. 네가 마교에 충성하고자 한다면 돌아가라. 그것이 싫다면 지금 당장 네게 자유를 주겠다. 그러니 떠나라. 아버지는 화를 당하셨으나 주화입마 때문이니 따로 내가 복수를 해야 할 대상이 있는 것도 아니다. 소면마군이라면 마교를 훌륭히 이끌어 갈 것이다."

"불가합니다. 말씀을 거두어주십시오."

풍천이 바닥에 넙죽 엎드렸다.

"내 결심은 변치 않는다. 떠나라."

도유강은 진심이었다.

마교 교주 자리에 미련이라곤 한 푼도 없었다. 오히려 잘됐다 싶은 마음이 컸다.

만약 소면마군이 아버지를 해친 것이었다면 사정은 다를 터였다. 그땐 무슨 일이 있어도 소면마군을 죽여 없애야 했다. 갈기갈기 찢어발겨도 시원치 않을 것이다. 땅 끝까지 쫓아가서라도 피를 봐야 했다.

그러나 아버지는 무인의 길을 걷다 무인의 길에서 생을 마쳤다.

　반란에 대해 짐작도 못한 채로 장례식을 치르는 동안 마교 교주가 된다는 생각에 머리에서 쥐가 날 지경이었다.

　그러나 이젠 모든 것에서 해방이었다. 비록 당장은 가진 것도, 아는 사람도 없었지만 눈곱만큼도 걱정되지 않았다.

　"불.가.합.니.다."

　풍천이 이를 갈 듯 한 자 한 자 끊어 말했다.

　도유강은 불쑥 겁이 났다.

　적발악령대를 무 썰 듯 썰어버린 인간이란 사실이 벼락같이 떠올랐다. 홧김에 칼을 멋대로 휘둘러 난도질할 것도 같았다.

　그러나 도유강은 이를 악물고 떨림을 억제했다.

　인생의 중요한 기로였다. 이대로 뜻을 꺾고 싶지 않았다. 게다가 반란은 성공했고, 마교는 어엿하게 정상화되었을 것이다. 마교라는 두 글자에 담긴 저력은 고작 두 사람의 힘으로 되돌릴 수 없었다.

　비록 마도의 전설이신 아버지가 직접 심혈을 기울여 풍천을 만들었다고 해도(?) 불가항력이란 것이 있는 것이다.

　"떠나!"

　도유강이 있는 힘껏 악쓰듯 외쳤다.

　풍천이 천천히 몸을 일으켰다.

　스릉!

손을 등 너머로 넘겨 검을 뽑았다.

도유강은 마른침을 삼켰다.

'이… 미친놈 보게.'

풍천이 검을 날렸다.

도유강은 몸이 산산조각 났다. 아니, 그렇게 되는 줄 알았다. 하지만 초토화된 것은 산천초목이었다.

달빛 아래 풍천이 신형을 번뜩일 때마다 거목이 속절없이 잘려 나갔다.

쿵! 쿵! 쿵!

잘린 나무가 지면에 부딪치며 땅을 울렸다.

덕분에 고요하던 산야가 발칵 뒤집히고 숙면을 취하던 산새와 여러 동물들이 울음을 토하며 정신없이 도망쳤다.

숨을 다섯 번 정도 내쉴 무렵, 주변의 나무란 나무는 밑동만 남고 말았다. 더 자를 나무는 어디에도 보이지 않았다.

풍천은 검을 집어넣고는 암벽으로 달려갔다.

놈이 머리를 부딪치기 시작했다.

쿵! 쿵! 쿵!

이젠 산이 통째로 울었다.

도유강은 입을 쩍 벌렸다.

너무 놀라면 식은땀도 흐르지 않는다는 사실을 처음으로 깨달았다. 저놈은 촌놈이면서도 동시에 제대로 미친놈이었다. 도대체 아버지는 어디서 저런 놈을 구해온 것일까? 아니면 저런 놈으로 정녕 만드셨단 말인가?

여하튼 도유강으로서는 이대로 가만 두고 볼 수 없었다. 아무리 봐도 이대로 멍하니 구경만 하다간 해가 뜰 때쯤이면 산 하나가 평지가 되어 있을 것 같았다.

"그만 해! 그만 하란 말이다!"

쿵! 쿵! 쿵!

말이 먹히지 않았다.

도유강은 입술을 깨물고 다시 소리쳤다.

"좋다, 좋아! 내가 졌다. 떠나지 않아도 된다. 생각해 보겠다. 그만 하래도. 생각해 볼 테니 작작 좀 하란 말이다!"

암벽에 머리 박기가 일시 멈췄다.

풍천이 넙죽 엎드려 충성을 담아 말했다.

"주군, 생각만으로는 안 됩니다. 확고한 신념을 품어주십시오. 주군은 마교의 교주십니다."

"감히 내게 명령하는 것이냐?"

풍천이 '헉' 하고 외마디 비명을 내지르고 벌떡 일어나 머리를 박기 시작했다.

"소인, 스스로를 벌하겠습니다."

쿵! 쿵! 쿵!

"알았다. 알았다고! 확고한 신념인가를 가질 테니 그만 해라."

암벽 부수기가 멎었다.

풍천이 머리를 조아렸다.

"주군, 역시 영명하십니다."

"휴우!"

도유강은 절로 한숨이 나왔다. 별 탈 없이 마교 교주로 취임하는 것보다 더 심각한 먹구름이 미래에 펼쳐질 것 같은 불안함이 스멀거리며 피어났다.

꼬르르륵.

허기진 배가 요란한 소리를 냈다.

그러고 보니 마교를 떠난 이후 물 한 모금조차 축이지 못했다는 것이 떠올랐다. 식사도 식사지만 산에서 잠을 청할 수는 없는 노릇이었다.

"일단 산을 내려가야겠다. 객방이라도 잡아야지."

"송구합니다. 소인, 지닌 돈이 없습니다."

"뭐?"

도유강은 짜증이 확 일었다.

"주군, 오늘 밤은 산에서 주무셔야 할 것 같습니다."

"네놈이 그러고도 비밀 병기란 말이냐!"

"용서하십시오. 하지만 고급 객잔에 비할 바는 아니겠으나 이 산에 좋은 잠자리와 푸짐한 먹을거리가 있습니다."

"응? 그게 무슨 소리냐?"

"벌써 마중 나와 있습니다."

풍천이 삼십여 장 너머의 어둠에 잠긴 숲을 응시했다. 도유강도 그제야 이상 조짐을 느끼고 풍천의 시선을 따라갔다.

어둠 속에서 녹의를 걸친 다섯 명의 중년인이 모습을 드러냈다.

더불어 학의 날개처럼 좌측과 우측에서 도합 백여 명가량이 활을 재운 채로 여차하면 당길 만반의 태세를 취하고 있었다.

"간이 얼마나 부은 놈이기에 한백서견채에서 소란을 피웠을까나?"

다섯 중 제일 중앙에 선 자가 나직이 뇌까렸다.

그는 애꾸눈이었고, 멀쩡한 한쪽 눈에서는 시린 빛을 뿜어내고 있었다.

＊　　＊　　＊

쿵! 쿵! 쿵!

질풍광자는 침소에서 벌떡 일어났다.

쿵쿵거리는 소리를 처음엔 악몽 속에서 들려온 것이라고 생각했다. 그러나 곧 그 생각을 지웠다. 제아무리 기막힌 꿈이라 해도 침상이 들썩일 정도의 진동 기능까지 겸할 수는 없는 것이었기 때문이다.

어떤 놈들인지 산을 통째로 갈아엎으려고 작정한 것이 틀림없었다.

그런 놈들을 못 본 척해줄 만큼 질풍광자는 마음이 넉넉지 못했다. 산에서 소란을 피울 때는 목숨을 걸어야 하는 것이다. 그것도 한백산에서.

그렇지 않아도 저녁나절에 채주님께 한 사발의 욕과 함께 주먹세례를 받아 화를 풀어야 할 곳이 필요하던 차이기도 했다.

안대를 찾아 짓뭉개진 한쪽 눈을 가린 후 질풍광자는 밖으로 나왔다.

이심전심으로 유명사령이 기다리고 있었다.

"부채주님, 저희가 처리하고 오겠습니다."

유명사령 중 백무가 말했다.

쿵! 쿵! 쿵!

소리는 더욱 요란해졌다.

질풍광자는 짜증스럽게 얼굴을 일그러뜨리며 고개를 저었다.

"너희에게 양보할 생각 없다. 소란으로 보건대 한두 놈도 아닐 것이다. 전광속궁대를 데리고 간다."

"네."

백무가 신속히 움직였다.

질풍광자는 흘깃 채주의 처소로 시선을 던졌다.

최대한 빠른 시간 안에 처리하는 것이 관건이었다. 한 달 중 며칠간은 채주의 기분이 최악으로 치닫는다. 오늘이 그날

중 하루인 것이 틀림없었다.

채주의 편안한 잠자리를 지켜야 한다. 그것만이 채주의 괴팍함에서 벗어나 며칠이라도 평화를 얻을 수 있는 유일한 길이었다.

각기 활통을 멘 백 명의 전광속궁대가 모습을 드러냈다.

누구 할 것 없이 살기등등한 것이 마음에 들었다.

"가자!"

방향을 찾기는 쉬웠다. 어서 오란 듯이 꾸준히 쿵쿵거리고 있었기 때문이다.

질풍광자와 유명사령, 전광속궁대에게 산은 형제요, 친구였다. 어디에 어떤 나무가 있고, 수풀의 높이, 험한 산길의 세심한 굴곡까지 속속들이 알고 있었다.

그들은 미끄러지듯 내달려 짧은 시간에 소리의 진원지에 도달했다.

질풍광자는 어둠 속에 몸을 묻고 오늘 죽을 놈들의 면상을 확인했다.

순간 그는 와락 눈살을 찡그렸다.

고작 두 놈이었다.

새파랗게 어린 애송이와 문제의 진동을 일으키는 놈, 그놈은 암벽에 머리를 처박아대고 있었다. 일반적인 상황이라면 머리가 깨져 나가야 했지만 암벽이 망치에 맞은 양 부서지며 돌 파편이 사방으로 튀어나갔다.

“뭐, 뭔가요?”

유명사령 중 흑무가 중얼거리듯 물었다.

‘도대체 어디서 튀어나온 미친놈들일까요?’의 준말이었
다.

질풍광자도 묻고 싶었다. 완전히 미친놈이었다.

그것도 철두공을 십이성 대성한 미친놈!

지근거리의 나무들을 초토화시킨 것도 놈의 소행이 틀림
없었다.

미친 철두공이 암벽 부수기를 멈췄다. 새파란 애송이가 버
럭 소리를 몇 차례 지른 뒤였다.

“흡!”

순간 질풍광자는 숨을 격하게 들이켰다.

철두공의 시선이 정확히 어둠 속에 있는 자신의 눈을 노려
보고 있었다.

하지만 놀람도 잠시, 질풍광자는 독기를 품었다.

이곳은 한백산이다. 철두공 따위로 소란을 피워도 되는 그
런 만만한 곳이 아닌 것이다.

질풍광자가 어둠 밖으로 나섰다.

유명사령이 좌우로 두 명씩 늘어서 그 뒤를 따랐고, 전광속
궁대가 학처럼 벌려서 활시위를 먹인 채 모습을 드러냈다.

“간이 얼마나 부은 놈이기에 한백서견채에서 소란을 피운
것일까나?”

그의 한쪽 눈이 시릴 정도로 파랗게 빛났다.

도유강은 백여 개의 화살을 둘러보며 난감함을 금할 길이 없었다.

마주 다가오는 다섯 명의 기도도 범상치 않았고, 화살을 겨눈 이들도 한 치의 흔들림이 없었다.

먹고살기 궁해 산에서 도적질을 하는 오합지졸 따위가 아니었다. 녹림채라는 산적 무리의 정예 고수들이 틀림없었다.

이들은 산의 주인을 자처하는 자들이고, 소란을 피운 것은 매우 실례되는 일이었다. 어떻게든 적당히 구슬려 양해를 구하고 산을 내려가는 것이 최선책이었다.

'소란스러웠습니다. 죄송합니다' 라고 말하는 것이 기본 예의였다.

도유강이 생각을 정리하고 정중히 입을 열려 할 때였다.

"눈 깔아!"

풍천이 호통을 내질렀다.

산이 쩌렁쩌렁 울렸다.

도유강은 식겁해서 숨을 들이켰다.

산적 무리 중 하나가 깜짝 놀라 활시위를 잡고 있던 손아귀의 힘이 풀렸는지 피웅, 하는 소리와 함께 한 대의 화살이 날아들었다.

풍천이 아무렇지도 않게 화살을 낚아챘다.

도유강이 황급히 풍천을 향해 전음을 날렸다.

[날 죽일 셈이냐! 화살이 연사되는 걸 네놈이 다 막을 수 있다고 생각하느냔 말이다!]

[주군, 그건 염려 마십시오. 지금 당면한 문제는 저놈들이 아직까지 눈을 깔고 있지 않다는 점입니다.]

풍천은 단호히 전음으로 대답한 후, 다시 한 번 크게 외쳤다.

"눈 깔아라!"

산이 또 울었다.

풍천은 오직 눈을 내리깔도록 하는 것만이 자신이 태어난 목적이요, 생의 의미인 듯 보였다.

질풍광자가 풍천의 말에 화답했다.

"죽여라!"

핑! 핑! 핑! 피웅!

기다렸다는 듯 백여 발의 화살이 일제히 날아들었다. 거친 바람에 빗줄기가 옆으로 흐르듯 화살이 쏟아졌다. 여유롭게 구경하는 입장이라면 장관이라며 감탄할 만한 광경이었지만 도유강으로서는 염통이 오그라들 대로 오그라들어 완전히 쫄깃쫄깃할 지경이 되고 말았다.

스룽! 촤아악!

순간 풍천이 검을 뽑아 허공을 향해 그었다.

검이 지나간 자리에 옅은 백광이 어른거렸다.

연달아 발사되는 무수한 화살이 풍천과 도유강 앞에 이르렀으나 백광에 부딪치며 맥없이 튕겨 나갔다.

그건 마치 빛으로 만든 벽 같았고, 거의 천여 발의 화살이 쏟아져 투두둑거리며 떨어질 때까지도 단 한 번 그어놓은 벽은 제 기능을 다했다.

이 한 수에 도유강은 새삼 감탄했다.

'잘 만들어졌다. 대단해. 역시 아버지로군.'

감탄은 도유강만의 것이 아니었다.

질풍광자와 유명사령은 또 다른 의미의 감탄을 토해내고 있었다. 그건 정확히 말하자면 감탄이라기보단 경악에 가까웠다.

"검벽……."

질풍광자가 입을 거의 틀어막다시피 하며 말했다.

검벽을 처음 본 것은 아니었다. 하지만 지금처럼 완벽에 가깝게 구사하는 것은 단 한 번도 본 적이 없었다.

단 한 번 그은 것만으로 전면과 좌우 면에 검벽을 쳤고, 아직까지도 유지되고 있었다.

전광속궁대의 화살은 이제 바닥을 드러냈다.

핑, 하고 한 발이 발사되는 것으로 전광속궁대는 사명을 다했다. 아마 화살이 남아 있다고 해도 전광속궁대로서는 쏘고 싶은 생각도 들지 않을 것이 분명했다.

질풍광자는 마른침을 삼키며 의문에 사로잡혔다.

도대체 왜 저만한 고수가 암벽에 대고 머리를 찧고 있었을까? 그는 차라리 모른 척 잠이나 계속 잘걸 하고 뒤늦은 후회를 했다.

"주군, 가시죠."

풍천이 말했다.

"응? 어, 그래."

도유강이 얼떨떨해 대답했다.

풍천이 성큼성큼 질풍광자 쪽으로 걸어갔다.

도유강은 그 뒤를 따랐다.

완전히 얼음 상태가 된 질풍광자와 유명사령 앞에서 풍천이 나직이 자신의 목적한 바를 읊었다.

"눈 깔아라."

질풍광자는 넋이 나가 입술만 달싹거리고 있었다.

희미하게 '철두공 따위가 어떻게…' 라는 말을 중얼거렸다.

풍천이 고개를 끄덕였다.

"좋다. 모가지가 꼿꼿하다는 거군. 얼마나 대단한 모가지인지 보자."

질풍광자가 뭐라고 변명을 늘어놓기도 전!

유명사령이 말릴 엄두를 내지도 못하고 눈을 부릅뜰 때!

도유강이 뭔가 하고 눈을 깜박이는 그 순간!

풍천이 질풍광자의 머리를 붙들고 돌려 버렸다.

뚜드득!

"캐애액!"

질풍광자가 돼지 멱따는 소리를 질렀다.

어느덧 그의 모가지는 백팔십도로 돌아가 있었다.

도유강이 발작하듯 외쳤다.

"사람을 함부로 죽이지 마라!"

풍천이 머리를 조아렸다.

"주군, 살아 있습니다."

"무슨 헛소리냐!"

도유강은 화가 머리끝까지 차올랐다. 말로는 주군이라면서 대놓고 희롱하다니!

그런데 그때였다.

머리가 돌아간 애꾸눈이 천천히 몸을 돌렸다.

입은 쩍 벌리고 있었다. 거기에 눈은 깜박깜박!

도유강도 입을 쩍 벌렸다.

'뭐, 뭐지… 왜 안 죽고 살아 있어!'

질풍광자는 목이 돌아간 덕분에 생애 최초로 뒷걸음질로 경공을 발휘하는 신기에 도전하고 있었다.

다른 한편, 유명사령과 전광속궁대는 머리를 푹 처박고 눈을 내리까는 데 주력했다. 그들 중 누구도 뒷걸음질로 경공을 발휘하고 싶은 사람은 없었고, 그럴 만한 능력도 없었기 때문이다.

이와 같은 광경을 보며 도유강은 웃어야 할지 울어야 할지 난감했다.

적이 제압당했으니 당연히 기뻐해야 마땅했지만 이상하게 기분이 우울했다. 모양새야 어떻든 우여곡절 끝에 마교를 벗어나고 교주 자리를 잇지 않게 되었거늘 더 단단한 밧줄, 아니, 쇠사슬이 목에 걸린 기분이었다.

만약 풍천 앞에서 마교 따위, 마교 교주 따위 다 필요없어, 같은 말을 꺼냈다가는 모가지가 돌아가는 것은 시간문제일 것 같았다. 죽이지 않고도 모가지를 돌릴 수 있는 신기한 능력을 보유한 놈이 아닌가 말이다.

물론 풍천이란 놈은 그 뒤 속죄한답시고 또 어디 돌 벽에 머리를 열심히 처박으리라.

도유강은 아버지가 눈앞에 있다면 진정 소리쳐 따지고 싶은 심정이었다.

'아버지! 아버지는 도대체 뭘 만드신 건가요? 너무 강합니다! 근데 미쳤어요! 제정신이 아닌 놈이라니까요!'

젠장, 아버지는 분명 흡족해하실 것 같았다.

산채에 도착한 것은 금방이었다.

질풍광자가 살아보겠다는 일념으로 열심히 뒷걸음질친 결과였다.

산채는 고요했다. 더 이상 쿵쿵거리는 소리도 들리지 않아

경계 근무를 선 이들을 제외하고는 모두들 소란을 피우는 자들을 도륙했으리라 믿어 의심치 않고 잠에 빠져든 것이리라.

"헉! 귀, 귀신!"

순찰조 중 한 명인 부염악이 놀라 소리쳤다.

부채주 질풍광자의 모습으로 변장한 귀신이었다. 엉덩이가 있는 방향에 얼굴이 있었고, 그렇게 거꾸로 걸어오고 있었다.

"쉿!"

질풍광자가 팔을 가까스로 꼬아 등 뒤로 올려 입술에 가져다 댔다.

부염악이 얼른 손가락을 세워 질풍광자 귀신을 따라 했다.

다른 순찰조들도 입을 다물었다.

질풍광자만 괴상할 뿐 유명사령과 전광속궁대 전원은 멀쩡했기 때문이다. 고개를 폭 숙이고 있는 것이 이상했지만 사정이 있겠거니 했다.

도유강은 사방을 둘러봤다.

산채는 꽤 그럴싸했다.

강호 경험이 일천한 도유강으로서는 정녕 의외의 광경이었다. 산적들의 소굴인만큼 막사 몇 개 지어놓고 떼 지어 뭉개며 지낼 것이라고 생각했다. 하지만 산채의 건물들은 제일 형편없는 것이 목조 가옥이었고, 일고여덟 개의 전각이 꽤 멋들어지게 자리를 잡고 있었다.

그중 가장 큰 전각을 바라보고 있을 때, 풍천이 말했다.

"너!"

"네?"

지목받은 질풍광자가 긴장한 낯빛으로 되물었다.

"가서 채주를 불러라. 귀한 분이 오셨다고 알려라. 나올 땐 반드시 눈도 깔아야 한다고 전해라."

"네."

질풍광자가 곧바로 뒷걸음질쳤다.

향하는 방향은 도유강이 바라보고 있는 큰 전각이었다.

풍천이 만족스럽게 고개를 끄덕였다.

"주군을 모시기엔 턱없이 부족하나 생각했던 것보다는 괜찮군. 주군께서 마음에 드셔야 할 텐데……."

도유강이 풍천을 노려봤다.

"풍천, 혼잣말은 속으로 하는 것이다."

"죄, 죄송합니다."

풍천이 어깨를 움츠렸다. 송구스러움이 가득한 몸짓이었다.

풍천의 기대와는 달리 도유강은 마음이 편치 않았다.

산적들의 소굴에서 편안한 잠자리라니! 전각은 깔끔했지만 험한 산사나이들의 냄새가 온 사방에 퍼져 있는 것 같았다. 이럴 것이었다면 차라리 야숙을 하는 편이 백번 낫겠다 싶었다.

그러나 마음 한편에서는 한백서견채라는 이 녹림채의 채

주가 어떤 인물인지 궁금증이 일었다.

"늦는구나."

도유강이 낮게 중얼거렸다.

몸 둘 바를 모르던 풍천이 할 일이 생겼다는 듯 어깨를 쫙 펴고는 전각을 향해 크게 고함을 질렀다.

"늦.어!"

당장 효과가 나타났다.

질풍광자가 먼저 모습을 드러냈다. 의외로 모가지가 본래대로 돌아와 있었다.

그 뒤로 한 사람이 나타났다.

순간 도유강은 숨이 멎고 말았다.

사람이 아니었다. 사람일 수가 없었다. 그저 찬란한 광채가 움직이고 있다고밖에는 달리 설명할 길이 없었다.

하늘에서 막 강림한 선녀가 저런 모습일까?

시녀 초희가 아름답다지만 지금 등장한 여인과 비교하자면 보름달과 반딧불의 격차가 났다. 아니, 아니다. 초희를 비교 대상으로 삼는 것은 눈앞의 여인에 대한 중대한 모독이었다. 최소 마교제일미녀인 칠혼단의 단주 음약요희와 견주어야 할 것 같았다.

음약요희가 뇌쇄적인 미를 뿜어낸다면 이 여인은 아름다우면서도 청초함이 물씬 풍겼다.

막 피어난 꽃!

이슬을 수줍게 머금은 한 점 흠 없는 난초!

거친 들판에 홀로 아름다움을 뽐내는 홍일점!

이 모든 표현으로도 그녀를 다 말할 수 없었다.

도유강은 간장이 녹아내렸다.

동시에 분노가 치밀었다.

명백히 이것은 인질극이었다.

채주라는 작자는 모자란 실력을 인질로 메우려 하는 것이다. 무슨 일이 있어도 여인을 구해야 했다.

도유강은 흘깃 풍천을 바라봤다.

풍천의 눈과 표정은 어떤 감흥도 없었다.

아름다운 꽃이 아닌 그저 수많은 여자, 그냥 사람 중에 여자라는 것들도 존재하는데 그중 하나에 불과하지 않느냐는 얼굴이었다.

그렇다. 녹림 따위가 마교 고수 앞에서 여자로 협박한다는 것 자체가 어불성설인 것이다. 풍천이라면 더더욱 거치적거린다고 썰어버릴 것 같았다. 막아야 한다.

도유강은 신속히 풍천에게 전음을 날렸다.

[풍천!]

[주군, 말씀하십시오.]

도유강은 마음이 급했다.

그러나 그다음 말을 질풍광자가 가로채 버렸다.

“채주님, 저자들이옵니다.”

질풍광자는 다른 누구도 아닌 꽃에게 공손히 머리를 조아리고 있었다. 꽃에게 말이다.

[주군, 하명하실 일이라도…….]

풍천이 전음으로 물었으나 도유강은 멍하니 입을 벌리고, 그저 '말도 안 돼. 이럴 순 없어' 라고 중얼거릴 따름이었다.

꽃이 천천히 다가왔다.

점점 가까워질수록 그녀의 청순함은 더욱 돋보였다.

의복도 그녀의 아름다움에 걸맞게 눈부신 백의에 붉고 푸른 자수로 소매와 가슴 부위에 꽃이 수놓아져 있었다.

도유강은 풍천을 향해 고개를 돌렸다.

풍천은 한 치의 흔들림도 없는 굳센 얼굴로 살짝 눈을 내리깔고 말을 기다렸다.

도유강이 말했다.

"무슨 사연이 있을 거야? 그렇지?"

순간 풍천의 얼굴에 온갖 의문 부호가 떠다녔다. 명백히 무슨 뜻인지 모르겠다는 표정이었다.

그러나 이내 납득한 듯 불쑥 입을 열었다.

"주군, 영웅호색이라고 했습니다."

천상의 꽃 앞에서 호색이라니!

도유강이 분을 토했다.

"무슨 소릴 하는 것이냐! 고귀한 꽃을 두고 감히!"

풍천은 그 특유의 무표정에 순간적으로 어리둥절함을 떠

올리며 살짝 고개를 갸우뚱거렸다.

열 걸음 정도를 걸어오던 여인이 걸음을 멈췄다.

그녀가 길게 한숨을 내쉬었다.

도유강은 자신의 마음도 푹 꺼져 가는 기분이었다.

대체 어떤 사연이 있기에 저 아름다운 여인이 산적 두목이 된 것일까? 어쩌면 저 여인도 자신처럼 원치 않는 삶을 살고 있을지도 모른다.

도유강은 진정으로 안타까웠다. 할 수만 있다면 그녀를 구해주고 싶었다. 아니, 반드시 그녀의 보이지 않는 속박을 풀어주어야 했다.

여채주가 검지로 길게 늘어뜨린 머리카락을 살짝 넘겼다. 정녕 인간의 몸짓이 아니었다.

그녀가 말했다.

"아름다운 밤이에요."

쟁반 위에 옥이 구르는 듯한 목소리였다.

도유강은 꿈꾸는 듯한 표정으로 속으로 '당신이 더 아름답다오'라고 화답했다.

여채주가 말을 이었다.

"그런데… 두 분은 어디서 오신 씨발 놈들이신가요?"

도유강이 입을 쩍 벌렸다.

와장창!

꽃 환상이 산산이 부서졌다. 머리가 새하얗게 변해 버려 아무 생각도 떠오르지 않았다. 진공 상태가 된 것도 같았다.

그녀는!

산적 두목이었다!

"무례하다!"

풍천이 빛살이 되어 채주를 향해 날았다.

그와 동시에 채주가 두 개의 붉은 원형의 광채를 허공에 뿌렸다.

카카카캉!

핏빛 혈륜이 파괴적인 음향을 동반하며 기이한 곡선으로 풍천을 향했다. 외곽에 톱날을 박은 륜은 스치기만 해도 살점을 뜯어내 버리고 만다.

풍천이 허공에 뜬 채 뽑아 든 검으로 먼저 짓쳐오는 혈륜에 일검을 그었다. 혈륜이 두 조각 나며 기세를 잃고 바닥에 떨어졌다.

또 하나의 혈륜은 바로 그 뒤를 이어 풍천의 오른쪽 무릎을 향했다.

풍천이 검을 끌어내려 혈륜의 가장자리를 빙글 돌리듯 후려쳤다. 혈륜은 원래의 기세보다 더 맹렬한 기세로 원 주인인 채주에게 되돌아갔다.

채주가 뇌려타곤으로 바닥을 데구루루 굴러 간신히 혈륜의 살격에서 벗어났다.

그러나 그녀는 몸을 일으키지 못했다.

어느새 풍천이 그녀의 머리에 다섯 손가락을 지그시 눌렀기 때문이다.

"꿈틀거리겠다면 말리지 않으마. 대신 해골에 다섯 개의 구멍이 뚫린다면 그것도 나름 볼만하겠지?"

"호호호호!"

채주가 쾌활하게 웃었다. 어떤 두려움도 섞이지 않는 웃음이었다.

그녀가 말했다.

"친절한 설명에 감사드려요. 그러나 저기 네 주군인가 뭔가 하는 새끼는 어쩌려나?"

풍천이 고개를 들었다.

채주가 제압된 순간, 도유강은 위기에 빠져 있었다.

목젖에 칼이, 머리 위로는 도끼가 당장 쪼갤 듯한 기세로 겨누어진 것이다.

"주군!"

풍천이 비통에 젖어 외쳤다.

채주가 싱긋거렸다.

"대협 새끼야, 이제 손을 거두시는 것이 좋을 것 같습니다만. 뭐, 어린놈의 깨끗한 뇌수를 구경하는 것도 나쁘지 않고요."

유명사령 중 백무가 호응하듯 외쳤다.

"당장 떨어져라!"

그는 도끼를 들고 있었다.

흑무도 목에 겨눈 검을 바싹 붙이며 말했다.

“채주님의 고결한 몸에 상처라도 나는 날엔 이 애송이의 목을 잘라낼 것이다.”

도유강은 화가 머리끝까지 치밀었다.

사람은 역시 외모로만 판단할 수 없다는 것을 실감했다. 눈이 돌아갈 정도로 아름다운 미녀가 살벌 무쌍한 산적 두목이라는 것은 아름다움을 내리신 하늘에 대한 반역과도 같았다.

그리고 또 한 가지 화가 나는 것이 있었다.

비록 반란 세력에 의해 쫓겨났다지만 자신은 명색이 마교의 소교주가 아니던가! 아니, 풍천의 말을 전적으로 따르자면 마교 교주씩이나 되는 것이다.

제기럴, 내가 호구냐!

“이것들이 정말!”

도유강이 소맷자락을 휘둘렀다.

그 순간 소매 속에서 은빛이 폭사하며 뻗어나갔다.

푹! 푹!

“크윽!”

“컥!”

칼과 도끼를 겨누고 있던 유명사령 중 백무와 흑무가 각기 가슴과 허리에 비수를 박은 채 쓰러졌다. 눈 깜짝할 사이에 일어난 일이어서 주변에 머물던 유명사령 중 청무와 녹무도 기겁하여 뒤로 물러났다.

도유강은 다시 팔을 휘둘렀다.

그러자 몸에 박힌 비수가 뽑혀져 나와 도유강의 양손으로 회수되었다. 도유강은 망설이지 않고 풍천 쪽으로 신형을 날려 그 옆에 섰다.

풍천이 반색하며 말했다.

"천천세, 만만세! 역시 천상천하 유아독존의 은혼섬이십니다."

"의외라는 것이냐? 네놈이 날 무시하고 있었던 것이렷다!"

도유강이 버럭 성을 냈다.

"소인, 벌을 달게 받겠습니다."

"됐다. 용서하겠다."

도유강이 다급히 외쳤다.

풍천이 용서를 비는 말을 하면서 눈알을 굴리는 것이 당장이라도 어디 단단한 곳에 머리를 박을 기세였기 때문이다. 한가한 상황이라면 모를까 지금은 머리나 박고 있을 때가 아니었다.

"호호호! 두 분도 참, 아주 지랄들을 하시는군요."

채주가 화사하게 웃으며 말했다.

풍천의 주먹이 뻗어나갔다.

도유강은 막을 시간도 없었지만 막고 싶지도 않았다.

"꺄아악!"
　선녀의 탈을 쓴 산적 여두목의 비명 소리가 밤하늘에 메아
리쳤다.

第三章
오직 은혼섬

　도유강은 하루라는 시간이 얼마나 다양한 의미를 가질 수
있는지 새삼 깨닫고 있었다.
　하루는 일 년이 될 수도, 십 년이 될 수도 있었다.
　마교에서 변고가 발생한 후 고작 하룻밤이 지났을 뿐이라
는 사실이 아직도 믿어지지 않았다.
　마교 소교주의 신분이나 그저 평범한 삶을 소망했다.
　정녕 그것뿐이었다.
　그런데 다 끝났다고 생각한 순간 한 명의 충성스러운 수하
를 둔 십육대 마교 교주로 등극하고 말았다.
　거기에 지금은 한백서견채라는 생소한 이름의 녹림 산채

를 점령해 버렸다. 강호를 벗어나고 싶었지만 반대로 강호에 성큼 한 발을 디딘 꼴이었다.

"휴우!"

긴 한숨과 함께 도유강은 준비된 목욕물 속에 몸을 담갔다.

따뜻한 온기가 전신에 퍼져 가자 방금까지 답답했던 마음도 어느 정도 풀리는 기분이었다.

이 욕조는 여채주가 사용하던 것이었다. 채주가 제압된 순간 채주의 전각 내 거처는 도유강의 소유가 되었다. 그녀에게 미안한 한편으로 그래도 싸다는 생각이 동시에 들었다.

그 미모에 그 거친 입이라니!

갓난아이일 때부터 산적질을 하지 않고서야 불가능한 일이었다. 그런 인생을 살게 된 것이 불쌍하다고 해야겠지? 도유강은 험한 강호의 속성에 진저리가 났다.

잠시 후 목욕을 끝낸 도유강은 옷을 챙겨 입고 방으로 들어갔다.

방은 십여 평의 넓이로, 여성스러운 분위기를 물씬 풍겼다.

은은한 난초 향 속에 벽은 꽃 장식이 되어 있었고, 벽의 중앙에는 운치있는 풍경화가 걸려 있었다.

각종 가구들은 아기자기했고, 회탁 위 화병엔 싱싱한 생화가 꽂혀 있었다.

정말이지, 종잡을 수 없는 여자란 생각이 들었다.

선녀 같은 미모에 쌍욕을 달고 살기에 거친 강호의 여인이

겠구나 싶었거늘 방은 여인 특유의 분위기를 풍기고 있었다.

문득 정신병을 앓고 있는 것은 아닌지 의심스러울 지경이었다. 생각할수록 머리만 복잡해졌다.

푹신한 침상이 눈에 들어왔다.

상황이 복잡하고 뒤죽박죽이었지만 굳이 이 늦은 시각 골머리를 앓을 필요는 없었다. 어쩌면 눈을 뜨면 이 모든 것이 꿈이었고, 살아 계신 아버지를 다시 보게 될지도 몰랐다.

"그래, 일단 푹 자자!"

도유강이 허공으로 솟구쳐 활짝 팔을 벌리고는 침상으로 몸을 날렸다.

푹신!

…이 아니었다.

물컹!

"으악! 뭐야?"

밑에 뭔가가 있었다.

도유강은 벌떡 신형을 일으킨 후 이불을 확 걷었다.

"헉!"

눈이 튀어나올 것 같았다.

이불 아래에 채주가 있었다. 그것도 실오라기 한 올 걸치지 않은, 눈이 부실 정도로 완벽한 나신인 채로 그녀는 바른 자세로 누워 있었다.

도유강은 신속히 이불을 덮었다.

"흑흑흑……."

여채주가 흐느꼈다.

눈물이 양쪽 귓가로 흘러내렸다.

풍천에게 얻어맞은 오른쪽 눈은 시퍼렇게 붓고 멍이 들어 있었지만 그럼에도 불구하고 그녀의 미모를 다 가리진 못했다.

"흑흑흑… 이 새끼야, 좋냐? 좋으냐고!"

"풍천~!"

즉시 도유강이 악 쓰듯 외쳤다.

풍천이 순식간에 모습을 드러냈다.

"부르셨습니까?"

"이게 무슨 짓이냐?"

도유강이 채주를 가리키며 말했다.

"영웅호색입니다."

풍천이 담담히 대답했다.

"닥쳐라! 감정의 교류 없이 어찌 사랑을 나눌 수 있단 말이냐!"

"주군께서 마음에 두고 계신 줄 알았습니다."

"마음에 들었다, 욕을 하기 전까지는."

풍천이 잠시 턱을 어루만졌다.

어마어마한 고민에 휩싸인 듯 보였다.

그러다 불쑥 입을 열었다.

"속하가 영원히 욕을 하지 못하도록 만들겠습니다."

죽지 않게 모가지를 돌린 것처럼 뭔가 특별한 능력을 발휘하려는 모양이었다. 그런 해괴한 것은 구경하고 싶지 않았다.

"필요없다. 내가 원해도 채주가 원치 않는다면 그게 무슨 의미가 있겠느냐!"

"채주의 의견 따윈 들으실 필요 없습니다. 천하가 주군의 것입니다. 그렇기에 당연히 천하 모든 여인도 모두 주군의 것입니다. 그 누구도, 세상의 어떤 여인이라도 거부할 권리는 없습니다."

"네놈이 또 나를 가르치려 드는구나."

"저는 주군께서 천하를 오시할 때까지 바른길로 인도할 의무를 지닌 자입니다. 하지만 주군께서 노하시니 속하는 스스로 벌을 내리겠습니다."

풍천이 순간 두리번거렸다.

도유강은 풍천이 찾고 있는 것이 자학할 만한 단단한 물건이란 것을 단번에 알아차렸다.

벽을 둘러보고, 천장을, 각종 가구를 둘러보던 풍천의 얼굴에 당혹과 초조감이 떠올랐다. 하나같이 단번에 부서질 만한 것들이었다. 벽이나 바닥을 부수면 주군의 처소를 부서뜨리는 것이 되기 때문에 점점 똥마려운 강아지마냥 안절부절못했다.

심지어 흐느끼던 채주도 이상히 여기며 울음을 그치고는 '저 새끼가 뭐 하는 거지?'라는 표정으로 바라볼 지경이었다.

풍천이 급기야 입술이 바싹바싹 타는지 혀로 입술을 핥기까지 하자 도유강은 인상을 찡그렸다.

"제발 작작 좀 하자. 네 뜻은 알았으니 나가봐라."

"하해와 같은 성은에 속하, 감사드립니다. 천천세, 만만세!"

죽다 살아난 표정으로 풍천이 말했다.

도유강은 귀찮다는 듯 손을 내저었다.

그러다 풍천이 막 문을 나서려 할 때 도유강이 다시 불러세웠다.

"채주의 혈도를 풀어주어라."

"혈도를 풀겠습니다."

풍천이 이불 위로 해혈을 한 뒤 돌아섰다.

"소인이 생각이 짧았습니다. 움직이지 않으면 시체나 다름없다는 것을 간과했습니다. 채주의 내공을 일시적으로 폐쇄했으니 주군께서 마음껏 유린… 흠흠, 그만 나가보겠습니다."

도유강은 풍천은 한 대 패버리고 싶다는 열망에 사로잡혔지만 가까스로 참아냈다.

그때 채주의 부드러운 음성이 들려왔다.

"당신은 존귀한 자의 새끼인 모양이군요."

도유강은 정신이 멍해져 버렸다.

나긋나긋하게 '새끼'라는 말을 할 수 있는 것도 능력이라면 능력일까?

도유강은 한숨을 내쉬고 채주를 돌아봤다.

마혈이 풀린 채주는 이불로 몸을 가리고 침대에 앉아 있었다. 그래도 양쪽 어깨가 드러나 있어 꽤 뇌쇄적인 매력이 뿜어져 나왔다.

"이름은?"

도유강이 물었다.

"소저는 손약란이에요. 그러는 네놈은?"

"유강이다."

"부드럽고 강함을 함께 겸비했다라……. 좋은 이름이군요. 근데 이 새끼가 성은 말을 안 하네?"

"후우!"

나오느니 한숨뿐이었다.

"손 채주, 당신도 나와 이야기를 나누고 싶은 마음은 없을 테니 서로 쓸데없이 피곤을 자처하지 맙시다."

"이 호래자식아, 말하는 시간도 아끼고 날 덮치겠다는 것이냐!"

도유강은 아랫입술을 깨물었다.

"침상을 쓰도록 해라, 난 바닥에서 잘 테니."

존대도 지쳤다.

도유강은 진심으로 그녀의 손조차 건드리고 싶지 않았다. 대화도 이제 그만 하고 싶었다. 대화를 하면 할수록 손해를 보는 건 자신이었다.

개를 사랑하는 자도 미친개를 키울 수는 없듯 아무리 여인의 미모가 빼어나더라도 입에서 악취를 풀풀 풍기는 여인이라면 사양이었다.

여분의 베개와 이불을 찾아 바닥에 펴고 소매를 휘둘러 방 안을 환히 밝히던 일곱 개의 등불을 껐다.

당장 어둠이 찾아왔다.

어둠에 몸을 맡긴 채로 도유강은 앞날을 생각했다.

그러나 막상 생각이랄 것이 떠오르지 않았다. 미래의 전망은 그저 뿌연 안개처럼 앞을 내다볼 수가 없었다. 그저 머릿속에 과거로의 회귀, 수많은 '만약'만이 물밀듯이 밀려들었다.

만약 아버지가 일찍 돌아가시지 않았더라면…….

만약 넉넉히 삼 년 전쯤에 본심을 털어놓았더라면…….

만약 마교 교주의 아들로 태어나지 않았다면…….

만약, 만약, 만약만 그렇게 떠올랐다가 사라져 갔다.

그때였다.

"자냐?"

만약을 깨뜨리고 손약란이 속삭이듯 물었다.

도유강은 자는 척했다.

대화를 나눠봐야 본전도 못 찾는다.

"나쁜 새끼, 말똥 같은 놈, 이래 봬도 내가 처녀인데… 흑흑흑흑……."

도유강은 속으로 '어쩌라고? 내가 무슨 짓을 했나?' 라며 중얼거렸다.

"날 무시하네. 개 잡종 주제에 덮치지도 않아. 내가 그렇게 매력이 없냐, 이 씨발 놈아."

도유강은 이제 한숨도 안 나왔다.

한숨에도 하루 사용 용량이란 것이 있는 모양이었다.

마교 내에도 광기 어린 자들이 한둘이 아니었지만 이 여자도 결코 손색이 없었다. 당장 마교에 데려다 놓아도 광기 서열로는 다섯 손가락 안에 들 것이 분명했다.

손약란의 욕설은 나지막하면서도 꾸준히 이어졌다.

도유강이 태어나 처음 들어보는 욕도 있었다.

사실 마교에서는 의외로 욕이 단순했다. 왜냐하면 욕이 다 끝나기도 전에 목을 따면 그만이기 때문이었다. 굳이 욕을 듣고 있어야 할 이유가 없었기에 욕이 발달할 기회가 없었고, 굳이 칼로 썰면 되는 것을 왜 입 아프게 욕을 하냐는 것이 대다수의 생각이었다.

손약란의 욕설은 마치 숙련된 궁수의 연이은 화살처럼 쏟아졌다. 온 마음으로 욕 다발에 명중되면서 도유강은 점점 이성의 끈이 옅어져 갔다. 한편으로는 편안한 잠자리를 보장한다면 억지로 손약란을 밀어 넣은 풍천을 때려 죽여 버리고 싶었다.

욕설은 그렇게 일식경(약 삼십 분)가량 이어졌다.

결국 도유강은 '이 새끼가 고자 새끼가?'에서 이성의 끈이 툭 끊기고 폭발해 버렸다.

"이야야야야~!"

그래선 안 되는 것이었는데…….

후회는 언제나 늦다.

도유강은 입을 쓰게 다셨다.

무기력한 여인에게 주먹질이라니.

그 여인이 제아무리 광녀에 욕쟁이라 해도 막상 폭력을 행사하고 나니 기분이 엉망진창이 되고 말았다.

주먹이 나갈 때는 소리소리 비명을 내지르던 손약란은 이제 신음 소리인지 흥분 소리인지 헛갈리는 음향을 흘리고 있었다.

도유강은 손약란을 뒤로하고 밖으로 나갔다.

"응?"

풍천이 보이지 않았다. 풍천뿐 아니라 시선이 닿는 어느 곳에도 개미 한 마리 보이지 않았다.

풍천이라면 당연히 전각 앞 입구에 떡하니 버티고 호위를 서고 있을 것이라고 생각했다. 한바탕 분풀이를 할 요량이었는데 맥이 풀렸다.

"이놈은 대체 어딜 간 거야?"

도유강이 막 중얼거리며 몇 걸음을 옮길 때였다.

풍천이 화답했다.

통쾌한 웃음소리가 그 시작이었다.

"크하하하하! 모두들 들었느냐? 너희가 극진히 모시는 여채주가 아주 좋아서 자지러지게 비명을 지르는 소리를 말이다! 이것이 바로 내가 모시는 주군의 능력이시다. 내 주군의 높은 권능을 찬양하라!"

사람은 들리지 않고 목소리만 들렸다.

산 너머 쪽이었다.

'좋아서 자지러졌다고?'

도유강은 뒷골이 당겼다.

풍천이 녹림 무리를 죄다 끌어 모아놓고 일장 연설을 하는 것이 눈에 선했다. 풍천 덕분에 졸지에 손약란과 멋진 밤을 보낸 것이 되고 말았다.

녹림도의 대답은 들리지 않았다.

풍천의 분노에 찬 목소리가 곧바로 터져 나왔다.

"동의할 수 없다는 말이렷다! 모두 저기 봉우리를 돌고 온다! 늦게 돌아온 오십 명은 모가지를 돌려 버릴 것이다! 전속력으로 출발!"

도유강은 풍천이 분노한 듯 보이나 실은 이놈이 즐기고 있는 것이 아닌가 의심스러웠다. 또 한편으로는 마교를 수복하는 것보다 자신을 산적의 수괴로 세우는 쪽으로 가닥을 잡은 것 같기도 했다.

마교 교주도 탐탁지 않은 마당에 산적 수괴라니!

뇌 주름이 늘어나는 것만 같았다.

다시 방으로 들어갈까 싶었지만 도유강은 고개를 젓고 조금 걷기로 했다.

목적없이 발을 놀리며 얼마쯤 걸었을까.

문득 멈추고 보니 계곡이었다.

졸졸졸 물 흐르는 소리가 듣기 좋았다. 차가운 물에 한차례 세안을 하고 평평한 돌을 골라 앉았다.

계곡의 폭은 오 장여(약 15미터)가량이었다. 이 정도면 물고기도 제법 노닐 듯 보였다.

도유강은 오른팔을 휘둘렀다.

그러자 소맷자락에서 빛살이 튀어나와 물속으로 파고들었다. 손을 빙글 회전시키자 빛살이 돌아왔다.

도유강이 빛을 움켜쥐었다.

옅게 파란빛을 머금은 다섯 치가량의 비도는 물고기를 꿰지 못했다.

실망과 동시에 화가 치밀었다.

방금 펼친 것은 은혼섬이었다.

보통의 고수라면 방금의 한 수를 보고 격공섭물이라고 감탄할지 모르지만 절정의 고수들을 상대하기엔 턱없이 부족한 실력이었다.

도유강이 분노한 것은 마교 소교주씩이나 되는 신분에도 불구하고 익힌 무공이라 봐야 오직 은혼섬뿐이라는 점 때문이었다.

은혼섬뿐!

거기에 더 기가 찬 것은 은혼섬조차 대성하지 못했다.

문득 그 사실을 떠올렸을 뿐인데 절망감이 온몸을 휘감고 돌았다. 제대로 된 고수를 만났을 때, 상대를 기습하거나 재빠르게 선공을 가하지 않는 한 썰리기 딱 좋은 수준이었다. 하다못해 도유강은 장법이나 검법조차 배운 바가 없었다.

사실 이 부분에 있어서는 도유강도 어느 정도 책임이 있었다.

여태껏 단 한 번도 아버지에게 불평불만을 토로한 적이 없었던 것이다. 그 이유 중 가장 큰 것은 어설프게 무공을 익힌 것이 마교를 떠나 평범하게 살아갈 수 있는 좋은 핑곗거리가 될 것이라고 생각했기 때문이다.

그러나 지금은 사정이 백팔십도로 달라졌다.

무공이 약해 수하에게 휘둘리는 주군이라니!

스스로의 길을 선택할 수도 없는 주군!

안타깝지만 이것이 현실이었다.

풍천의 충성심을 믿고, 아버지가 어련히 잘 만드셨을 것이라고 생각하기에 대놓고 풍천에게 호통을 치긴 하지만 불안의 여지는 남아 있었다. 어느 날 갑자기 미친 척 모가지를 돌려 버리거나 아예 목을 쳐버릴지도 모를 일이었다. 아직 마성을 드러낸 것은 보지 못했으나 그런 날이 오지 않으리란 보장이 없었다.

그렇다고 풍천을 떠나더라도 그건 또 다른 문제가 있었다.

소면마군이 교주 직을 찬탈하면서 후환 덩어리인 자신을 내버려 둘 리가 없을 것이기 때문이다.

마교를 막 벗어났을 때만 해도 홀가분하게 떠날 수 있을 것 같았으나 녹림채를 경험하고 보니 강호가 그리 만만한 곳이 아니란 것을 실감할 수 있었다.

한낱 산채의 여두목조차 근성이 상상을 초월했다. 단순히 욕을 잘하는 강호인이라고 볼 수는 없었다. 대부분은 죽음조차도 불사할 만큼 기백이 넘친다고 볼 것이다.

녹림이 그러할진대 마교는 어떠하겠는가 하는 것이 도유강의 깨달음이었다.

만약 미래가 이런 식으로 느닷없이 엉켜 버릴 줄 알았다면 죽자사자 마공을 익혔을 것이다.

도유강은 입을 쓰게 다시고 초점없는 눈으로 흐르는 물을 바라봤다. 일부는 검게 물들고, 또 일부는 달빛을 받아 반짝거렸다.

그때 문득 낯설고 섬뜩한 느낌이 등골을 파고들었다.

달빛에 드러난 물가 쪽에 그림자가 드리워져 있었다.

도유강은 훌쩍 뒤로 솟구쳐 물러선 후 미간을 좁히고 주위를 훑었다.

사람의 형상은 어디에도 없었다. 물가에 드리운 그림자도 감쪽같이 사라졌다.

헛것을 본 것이 아니었다.

비록 잠이 부족했지만 나무 그림자와는 달랐다. 그건 명확히 사람의 형체였다.

대체 누구였을까?

제일 먼저 떠오른 건 당연하게도 마교의 척살 임무를 띤 고수 중 하나가 아닐까 싶었다.

그가 누구일까 하는 것은 한꺼번에 너무도 많은 이름이 떠올라 고르기가 쉽지 않았다. 그래도 꼽으라면 전광동자와 복운쾌마 정도였다. 두 사람 다 경공술에 조예가 깊어 마교 내에서 둘째가라면 서러워할 인물들이었다.

잔인하기로 따지자면 전광동자가 우위에 있었다.

눈으로 직접 확인한 적은 없지만 전광동자는 자신이 죽인 자의 인육을 먹는 취미가 있다고 알려져 있었다.

환갑이 넘는 나이였지만 십대 초반의 아이 같은 용모와 체형을 갖게 된 것은 그 나이 때 최초로 인육을 먹어 저주를 받은 것이라고도 했다.

물론 본인은 매우 만족스러워했기에 저주가 아니라 축복이라고 생각한다는 것 같았다.

　도유강은 교 내에서 몇 번인가 전광동자에게 직접 물어볼 기회가 있었지만 전광동자와 눈동자가 마주치면 머리가 텅 비고 간이 오그라들어 전전긍긍한 가운데 겉으로만 대담한 척 엉뚱한 이야기를 늘어놓았었다.

　반면 복운쾌마는 경공만큼이나 빠르게 상대를 해치우는 자였다. 시체놀이 따위엔 취미가 없는 자였다. 그렇더라도 복운쾌마에게 죽음을 맞는 일은 사양이었다.

　그러나 곧바로 또 다른 의문이 일었다.

　전광동자건 복운쾌마건, 혹은 또 다른 누구이건 왜 살수를 펼치지 않았느냐는 것이었다. 풍천 없이 홀로 있는 절호의 기회를 버린 것이 아닌가?

　의문 속을 헤매며 도유강이 돌아서려 할 때였다.

　휘이이이익~

　긴 휘파람 소리가 나는가 싶더니 점점 소리가 크게 들려왔다.

　이윽고 휘파람 소리가 뚝 그치고 풍천이 눈앞에 내려섰다.

　따스한 안도감이 온몸을 휘감았다.

　그저 한 사람이 곁으로 다가온 것에 불과했지만 도유강은 거대한 성의 수천, 수만 정예병의 호위를 받는 느낌이 들었다.

　도유강은 자신도 모르게 긴장이 풀려 그 자리에 털썩 주저앉았다.

풍천이 예를 취하며 말했다.

"주군, 어찌 홀로 이곳에 나와 계신지요? 소인은 주군께서 여채주를 완전히 누르고 계신 줄… 흠흠……."

도유강은 노려보지도 화를 내지도 않았다.

"앉아라."

그저 차분히 입을 열었다.

"속하는 서 있는 것이 편합니다."

"앉아. 묻고 싶은 것이 있다."

차분한 목소리 탓인지 풍천이 앉았다. 그러나 편한 자세가 아니라 한쪽 무릎을 꿇는 것이 다였다.

도유강은 더 말해봐야 소용없다는 생각에 바로 본론으로 들어갔다.

"너는 알고 있을 것이라고 생각한다."

풍천은 대답 대신 묵묵히 다음 말을 기다렸다.

"마교의 숱한 고절한 무공 가운데 아버지께선 내게 오직 은혼섬만 허락하셨다. 그러면서도 동시에 마교의 교주로 내정하셨지. 또한 네 표현을 빌자면 날 위해 너란 존재를 직접 만드시기까지 하셨다. 이 부조화를 내가 어찌 이해해야 하느냐? 아버지는 대체 무슨 생각을 하고 계셨던 것이냐?"

"주군, 은혼섬은 약한 무공이 아닙니다."

"물론이지. 오백 년 전 최강의 교주셨던 천겁광마님의 독문무공이었으니까. 하지만 그것은 대성했을 때의 이야기다.

나의 성취는 고작 오성에 불과하다.”

“오성에 불과하다는 말씀은 겸손이십니다. 능운무상공을 십 년 만에 오성까지 성취한 분은 역대에 주군이 유일하십니다. 이미 주군께선 소맷자락 속에 혼강을 자유자재로 떠돌게 하실 수 있지 않으신지요?”

능운무상공은 은혼섬을 운용하는 기반이 되는 심법이었고, 혼강은 현철로 만들어진 비수의 이름이었다.

또한 풍천의 말대로 도유강은 양 소매 속에 혼강을 옷자락과 살결 사이에 맴돌게 할 수 있었다.

하지만 여전히 발출에 있어서는 최대의 효과를 낼 수 있는 범위가 삼 장에 불과했고, 혼강을 회수하려면 그 거리는 더욱 줄어들었다.

“요점을 벗어나고 있다. 내 물음은 왜 검조차 들지 못하게 하신 것이고, 한낱 장법조차 익히지 못하게 하신 것이냐는 말이다.”

“대신 주군께선 심후한 내공을 소유하고 계십니다.”

“내공만으로 어찌 독보 강호할 수 있단 것이냐! 질문에 대답하라.”

“그건……”

“뭐냐?”

“주군께선 최강의 무존이 되셔야 하기 때문입니다.”

“헛소리!”

도유강이 버럭 소리를 질렀다.

억지도 이런 억지가 없었다.

최강의 무존이 되려면 애초부터 마교에서 시작해야 하는 것이지, 정처없이 쫓기는 이 나그네 세월 속에서는 불가능한 것이다.

"주군은 마교 교주시나 주군께서 얻어야 할 것은 마교 내에 존재하지 않습니다. 오직 그것이 이유입니다. 아직은 때가 되지 않아 여기까지밖에는 말씀드릴 수 없습니다. 용서하십시오."

"명령이다. 당장 말해!"

"죄송합니다. 주군께서 비록 당금 천하의 주인이시며, 대마교의 십육대 교주님이시나 그보다 우선순위의 명령은 전대 교주이신 아수라천마님의 명령입니다."

"이런 망할 놈."

도유강은 비 오는 날 먼지 나도록 패버리고 싶은 마음이 굴뚝같았지만 이놈이 확 돌아버려서는 도리어 자신을 죽도록 패버릴 것 같아 인상만 찡그렸다.

풍천이 일어섰다.

"주군, 들어가서 쉬십시오. 오전 중으로 녹림 총본채로 떠나셔야 합니다."

"뭐, 뭐라고? 거길 왜 가?"

도유강이 절로 떨리는 음성으로 물었다.

“천하를 접수하는 일보를 디디시는 겁니다. 녹림왕부터 시작하시는 게 좋겠습니다.”

“이 새끼야, 내 의견은 묻지도 않고 왜 네 멋대로 결정해!”

도유강은 인내의 한계를 넘어버렸다. 이제껏 욕설은 되도록 하지 말자는 주의였지만 그 되도록의 영역 밖의 상황이었다.

온 힘을 다해 주먹을 들어 풍천의 명치에 날렸다.

격식은 없었지만 내력은 충분히 실었다.

퍽!

“윽!”

비명은 후려친 도유강이 질렀다.

도유강은 주먹 뼈가 으스러지는 통증에 눈물이 핑 돌았다. 어떻게 된 놈인지 인체의 급소가 강철이었다.

“주무십시오. 아침이 되면 저절로 깨어나실 겁니다.”

풍천이 말을 하고는 손가락을 튕겼다.

도유강은 옆구리가 시큼한 순간, 그대로 정신을 잃었다.

수혈을 제압한 풍천이 도유강을 안고 살짝 무릎을 튕겨 날아올랐다.

“부족합니다.”

풍천이 고개를 저었다.

도유강은 울고 싶었다.

해가 동천에 솟아오른 아침이었다.

　잠결인지 기절 중인지 모를 상태에서 깨어났을 때, 도유강이 제일 먼저 느낀 것은 손아귀에 잡힌 정체불명의 감촉이었다.

　잠시 후 그 물컹거림이 여채주 손약란의 젖가슴이란 것을 알았을 때는 개구리처럼 펄쩍 뛰어올라 침상을 빠져나왔다.

　손약란은 양쪽 눈이 퉁퉁 붓고 시퍼렇게 멍이 든 채로 벌거벗고 있었다. 자세는 두 팔과 두 다리를 가지런히 모은 정자세였다.

　그녀는 이글거리는 눈으로 천장만 뚫을 듯 응시하고 있었다.

　마혈은 물론이고 아혈까지 제압당했는지 입조차 뻥긋거리지 못했지만 두 눈에서는 살기를 분분히 뻗어내고 있었다. 누가 이런 짓을 했는지는 굳이 짐작이고 뭐고 할 필요조차 없었다.

　도유강이 미안한 마음에 정중히 한마디 사과라도 해야 하나 고민하고 있을 때 풍천이 급습했다.

　풍천은 방으로 들어오자마자 손약란을 이불로 머리끝까지 덮고 혼혈까지 짚어 죽은 사람 취급하고선 ‘지존의 길’ 이라는 새로운 과제를 꺼내 들었다.

　구체적으로 말하자면 그건 ‘지존의 표정’ 이란 것이었다.

　“부족합니다. 더욱 냉혹함이 깃들어 있어야 합니다.”

풍천이 단호히 고개를 가로저었다.

도유강이 울컥했다.

"이보다 더 얼마나 냉혹한 표정을 지으란 말이냐?"

"물론 주군께서 소교주의 신분이시라면 지금으로도 충분하십니다. 하지만 주군께선 대마교의 교주님이십니다. 천하를 굽어보고 만물을 보잘것없이 여길 정도의 냉혹함과 오만함이 표정 속에 녹아들어 있어야 합니다. 자, 다시 한 번 최선을 다해보십시오."

"이제 네놈이 대놓고 날 훈계하겠다는 것이냐?"

도유강은 미간을 좁히고 불같이 노려봤다.

수하 주제에 너무도 대놓고 기고만장해 있었다. 이쯤에서 손을 봐줘야 할 때였다.

하지만 도유강은 지난밤 교훈도 잊지 않았다. 주먹을 날려봐야 손만 아플 뿐인 것이다.

비장의 한 수! 절대적인 한 수면 풍천은 끝이었다. 그건 바로 풍천의 자학이었다. 이번에는 결코 말리지 않을 생각이었다. 머리로 암벽을 아무리 박아대서 산이 통째로 날아가든 머리가 깨지든 끝까지 지켜볼 참이었다.

그때 풍천이 고개를 천천히 저었다.

당황하는 기색은 어디에도 없었다.

덕분에 도유강이 멍해지고 말았다.

"너… 머리 안 박냐?"

"생각이 바뀌었습니다."

풍천이 차분히 대답했다.

"너… 생각……."

도유강은 '너, 생각이란 것도 하는 것이냐?'라는 말을 하고 싶었지만 차마 뱉지 못했다. 풍천의 분위기가 심상치 않아 말을 꺼내는 순간 한 대 맞을 것 같았다.

풍천이 말했다.

"앞으로 속하는 '지존의 길'을 가르칠 때는 스승의 권한을 갖도록 하겠습니다. 비록 무례할지라도 용서해 주십시오."

도유강이 꿀꺽 하고 마른침을 삼켰다.

풍천은 스승이라며 당장 회초리를 가져와 종아리라도 후려칠 기세였다.

"주군, 그럼 이번엔 비릿한 웃음을 연습해 보겠습니다."

"비릿이라……."

비참했지만 그래도 고민하는 척은 해야 했다. 안 그러면 수하에게 맞을지도 몰랐다.

비린 것은 생선이었다. 애써 생선 껍질을 떠올리며 표정을 만들었다.

"그건 혐오스런 표정이잖습니까?"

바로 풍천의 호통이 터졌다.

도유강도 지지 않고 맞섰다.

“그럼 네놈이 해봐!”

“주군의 명을 받들겠습니다.”

풍천이 씩씩하게 말했다.

“흥!”

도유강은 콧방귀를 뀌고 어디 한번 보잔 듯이 비릿하게 바라봤다.

짝짝짝!

풍천이 시범을 안 보이고 느닷없이 박수를 쳤다.

“훌륭하십니다. 바로 그런 표정입니다. 슬쩍 조소하는 비릿한 웃음.”

어이가 없었다. 제 놈을 비웃었는데 박수라니. 도유강은 속으로 ‘에혀, 이 미친 새끼야’ 라고 중얼거린 후 말했다.

“네 차례다.”

“네, 주군. 먼저 냉혹한 표정을 지어보겠습니다.”

풍천이 눈을 꿈틀거렸다.

순간 도유강은 뻣뻣하게 굳어버렸다.

“그다음은 비릿한 표정입니다.”

도유강은 멍하니 입술을 벌렸다.

“다음은 분노입니다.”

이제 입이 쩍 벌어졌다.

풍천의 시연은 계속 이어졌다.

“홀로 고독을 씹는 지존의 고뇌입니다.”

머리가 하얗게 되어버렸다.

"이건 천지가 밝아질 정도로 환한 웃음입니다."

"……."

"이번엔 짜증입니다."

"……."

"이번엔 열정에 찬 표정입니다."

열정을 끝으로 풍천의 모든 시연이 끝을 맺었다.

"주군, 어떻습니까?"

풍천이 칭찬을 바라는 강아지마냥 머리를 슬쩍 숙였다. 어서 쓰다듬지 않고 뭘 망설이시냐고 말하는 것 같았다.

도유강이 얼굴 근육을 쓰지 않고 입술만 움직여 말했다.

"대단해."

풍천이 스스로가 대견스러운지 머리카락을 쓸어 넘겼다.

도유강은 진심으로 감탄하고 말았다.

놀라운 발견이었다.

왜 몰랐을까?

아니, 난 알고 있었던 것일까?

이놈은 희귀종이었다. 인간이 지녀야 할 표정 변화가 아예 없었다.

분노도, 웃음도, 짜증도, 조소도 모두 하나의 표정이었다. 일편단심이란 이런 것이구나 싶기도 했다.

오직 한 얼굴, 한 표정만을 지닌 외길 인생. 그것이 풍천이었다. 아마 슬픔에 겨워 펑펑 울어도 정말 울고 있는지 헷갈릴 것 같았다. 눈물을 흘려도 하품을 했나 보군 하는 정도로 이해하고 넘어갈 것도 같았다.

희로애락의 어떤 지점에서도 웃던 소면마군과는 반대로 풍천은 희로애락 자체가 없었다. 둘을 평가하자면 단연 풍천의 승리였다.

"주군께선 아수라천마님을 닮지 않으신 모양입니다."

풍천이 불쑥 말했다.

"뭐?"

"아수라천마께선 언제나 당당하시고 천하를 발아래 굽어보시는 위대한 마력을 지닌 분이셨습니다. 어떤 시련에도 굴하지 않으셨고, 일평생 비굴함을 단 일분일초도 보이지 않으셨습니다."

"홍, 아버지는 모든 면에서 꼭 빼닮았노라 말씀하셨다. 그리고 난 결코 비굴하지 않아!"

도유강이 으르렁거렸다.

"물론 천골을 타고나신 것은 맞습니다."

"이놈이!"

풍천은 그제야 고개를 숙였다.

"죄송합니다. 속하, 주제넘은 소리를 했습니다. 부디 용서하십시오."

"용서 못해! 지금 당장 제일 단단한 바위로 달려가서 머리나 박아!"

"죄송합니다. 지금 바깥에 수하들이 주군을 기다리고 있습니다. 일장 연설을 하셔야 할 때입니다. '지존의 표정'을 연습하신 이유도 그들 앞에 주군의 위대한 모습의 일면을 보여야 하기 때문이었습니다."

"무슨 소리냐? 언제부터 산적 놈들이 내 수하가 된 것이란 말이냐?"

"간밤에 모두 충성을 맹세했습니다."

"망할!"

도유강은 도끼와 칼을 차고 험상궂은 인상으로 쳐다볼 녹림도들을 떠올리자 괜히 간이 오그라드는 것 같았다. 게다가 수많은 사람들 앞에 서 보는 것도 처음이다.

"주군의 권위를 마음껏 드러내십시오. 그 후 녹림총채로 떠날 것입니다."

'끄응.'

도유강은 위가 쓰렸다.

풍천의 말이 맞는지도 몰랐다.

아버지는 마도의 전설이었다.

그러나 나는… 어머니를 닮은 것일까.

第四章
마교 척살조

전전
궁긍
마교교주

마차는 관도를 내달렸다.

네 마리의 말이 힘차게 발을 놀리며 화려한 마차를 끌었다.

마차 안에서 청초한 음성이 나직이 울렸다.

"소녀, 한 가지 궁금한 것이 있습니다만……."

손약란이 운을 떼자, 맞은편에 앉은 도유강이 무심한 시선을 던졌다.

손약란이 수줍음을 띠고 말을 이었다.

"제가 왜 당신들 씨발 놈들과 함께 마차에 타고 있는 것일까요?"

도유강은 욱하고 화가 치밀었지만 소리를 지르는 대신 눈을 감아버렸다.

그녀의 두 눈은 시퍼렇게 멍들어 있었다. 오른쪽은 풍천이, 왼쪽은 자신의 작품이었다. 여기에서 입술까지 부어오르게 하고 싶지 않았다.

솔직히 손약란의 질문은 욕설만 뺀다면 지극히 합당한 질 문이기도 했고, 도유강도 왜 굳이 손약란을 동행시킨 것인지 이해할 수가 없었다.

"공자, 무슨 말씀이라도 해보시지요? 이 도적놈의 새끼야, 산채의 돈으로 마차를 사고 모조리 털어간 것도 모자라 왜 나 까지 데리고 가냐고! 이 어여쁜 몸과 혼인이라도 할 작정이 냐? 네놈 정체가 뭐야? 마교 소교주라도 된다면 모를까 그게 아니라면 찌그러져, 이 새끼야! 이래 봬도 나, 비싼 몸이야!"

도유강은 소교주 부분에서 감은 눈을 떴다.

"풍천!"

"말씀하십시오, 주군!"

마차를 멈추지 않은 채로 마부석에서 풍천이 대답했다.

"도저히 이 여자와 함께 갈 수 없다. 이곳에서 버린다."

마차가 멈췄다.

곧 풍천이 마차 문을 열고 안으로 들어왔다.

손약란을 버릴 생각은 하지 않고 그저 머리만 조아렸다.

도유강이 버럭 성을 냈다.

"네놈은 도대체 무슨 생각인 것이냐? 가는 내내 고행을 시킬 참이냐?"

"맞아, 풍천 이 새끼. 너, 제정신 아니지?"

손약란도 한마디를 거들었다.

풍천이 손약란에게 다가가 머리를 움켜쥐었다.

손약란의 얼굴이 하얗게 질려 버렸다.

"어, 뭐야? 왜 그래?"

뚜드득!

"꺄아악!"

시원하게 목이 돌아간 만큼이나 시원한 비명 소리가 울려 퍼졌다.

풍천이 공손히 예를 취했다.

"주군, 이젠 조용할 겁니다."

"조용한 게 문제가 아니다. 난 이 여자와 함께 가고 싶지 않다."

"아름다운 여인은 장식품입니다. 주군의 먼 여정을 돋보이게 할 것입니다. 그럼 소인은 이만."

"내가 싫다는데 네놈이 감히 강요하겠다는 것이냐!"

"송구합니다. 하지만 이것도 '지존의 길' 중 하나입니다."

지존의 길이 튀어나오자, 도유강은 더 이상 말을 할 수 없었다. 지존의 길 앞에선 풍천은 수하가 아니라 스승이 되겠다고 했다. 왜 이토록 숭고한 뜻을 이해하지 못하냐면서 자신의 목도 돌려 버릴지도 몰랐다.

마차는 다시 출발했다.

음정도 박자도 무시한 흥겨운 흥얼거림이 마부석 쪽에서 들려왔다.

도유강은 입술을 깨물었다.

'풍천 저 새끼 아무리 봐도 즐기고 있는 거야. 망할 놈, 개자식, 쌍놈의 새끼!'

목이 돌아간 손약란은 마차가 출발하면서 흐느끼기 시작했다.

도톰히 솟은 가슴과 두 손을 가지런히 무릎에 올려놓은 채였지만 목이 돌아가 버려 얼굴이 아닌 길게 흘러내린 머리카락만 보여 어쩐지 으스스했다.

흐느낌은 곧 통곡으로 변했다.

"흑흑흑… 내 모가지… 내 모가지… 흑흑흑… 내 예쁜 모가지가……."

손약란이 천천히 몸을 옆으로 틀었다.

옆얼굴이 드러났다.

정면을 보지 못한 것은 그래서는 앉아 있을 수 없기 때문이었다. 핏발 선 눈을 째리며 손약란은 하염없이 예쁜 모가지를 찾으며 흐느꼈다.

'귀, 귀신…….'

도유강은 흠칫 놀라 몸을 떨었다.

풍천의 말에 의자하면 손약란은 분명 장식품이겠으나 보

통 장식이 아닌 귀기 서린 무시무시한 장식품이었다.

장식품이 말했다.

"흑흑흑… 공자, 앞으로 절대 욕을 하지 않을 테니 부디 제 예쁜 모가지를 원래대로 돌려주세요."

"정말이냐?"

"흑흑흑… 소녀, 결코 실언을 하는 여인이 아닙니다. 부디 용서하세요."

도유강은 고개를 끄덕였다.

두 눈 주위의 파란 멍과 흰자위에 실핏줄을 무시무시하게 뿜어내며 옆으로 째려보는 것도 계속 지켜보고 싶지 않았다.

도유강이 몸을 일으켜 손약란의 머리를 쥐었다.

내력을 끌어올리고 힘을 주어 돌렸다.

곧 처절한 비명이 울려 퍼졌다.

"으아아아아악! 이 씨발 놈아, 날 죽일 참이냐! 반대쪽이란 말이다."

"욕 안 한다며!"

도유강도 지지 않고 맞받아쳤다.

"그럼 죽게 생겼는데, '공자, 소녀 돌아가십니다' 라고 해야겠습니까? 그러지 말고 살살 제대로 해보셔요."

도유강은 이번엔 제 방향으로 돌리려 힘을 주었다.

곧바로 손약란이 자지러졌다.

"으아아악! 그래도 아파! 풍천 이 새끼, 도대체 무슨 짓을 한 거야. 질풍광자 때와는 다르잖아! 유강 너, 제대로 못하겠냐!"

　도유강은 땀을 뻘뻘 흘리며 목을 돌려놓으려 했으나 결국 두 손 두 발 다 들고 말았다.

　덕분에 절대 욕을 하지 않겠다던 손약란은 온갖 쌍욕을 쏟아냈다.

　이틀째 점심 무렵, 마차는 미현에 이르렀다.

　도유강 일행은 화월루의 이층에 자리 잡았다.

　객잔은 빈자리가 몇 군데 없을 만큼 손님으로 가득했다.

　손약란은 정상 상태로 돌아와 있었다.

　원래 미모가 출중하기 이를 데 없어 그렇지 않아도 사람들의 이목을 끌 터인데 목까지 돌아간 상태로 모든 이의 시선을 집중시킬 필요가 없다는 도유강의 말을 따라 풍천이 손을 쓴 때문이었다.

　그녀는 눈의 붓기도 많이 빠졌으며 파란 멍은 눈 화장을 짙게 한 것처럼 보였다.

　자리에 앉아 잠시 기다리려니 점소이가 주문한 음식을 내려놓았다.

　잉어찜과 새끼 돼지를 통째로 구운 등껍질 요리인 유저, 그리고 새우가 듬뿍 들어간 빈대떡이 차례로 놓였다.

　점소이는 미소를 머금고 있었다. 그러나 어딘가 굳은 표정에 억지로 웃음을 띠고 있는 것 같았다.

이상하긴 했으나 도유강은 구수한 냄새 탓에 금세 머릿속에서 점소이를 지워 버렸다. 각자에겐 자기만의 삶이 있는 것이고, 자기만의 고민도 있는 법이니까. 그리고 무엇보다 지금은 군침을 삼키기에도 바빴다.

손약란은 손을 비벼대며 음식을 둘러봤다.

점소이가 군만두를 끝으로 공손히 머리를 조아렸다.

"맛있게 드십시오."

순간 풍천이 점소이의 손목을 잡았다.

"여기에서 일한 지 얼마나 됐지?"

점소이가 놀라고 두려운 눈으로 엉덩이를 뺐다.

"소, 손님, 왜 이러시는지요?"

점소이의 당황스러운 모습을 보며 도유강은 미간을 찡그렸다. 도대체 무슨 까닭으로 분위기를 망치려 드는지 알 수 없었다.

풍천이 점소이를 향해 다시 물었다.

"묻는 말에나 대답하라."

"올해로 삼 년째입니다만……."

누르스름하던 점소이의 얼굴이 하얗게 질렸다.

주위 손님들이 흘깃거리기 시작했다.

그래도 풍천은 아랑곳하지 않았다.

"원래 이렇게 긴장하나?"

"죄, 죄송합니다. 솔직히 말씀드리자면 소, 소인은 여기 앉아 계신 소저 분이 너무 아름다우셔서 그만……."

풍천이 손약란을 바라봤다.

손약란은 음식을 향해 군침을 꼴깍거리고 있다가 그 소리에 피식 웃었다.

"홋! 새끼, 그래도 보는 눈은 있어 가지고."

도유강은 더 이상 두고 볼 수 없었다.

"그만해라."

풍천이 손을 놓았다. 점소이가 식은땀을 훔치며 고개를 넙죽 숙이고 돌아섰다.

"점소이가 무슨 잘못이 있다고 소란을 피운 게냐?"

"송구합니다. 속하가 너무 민감했던 것 같습니다."

"됐다. 때가 때이니만큼 잊고 즐겁게 식사하도록 하자."

"감사합니다."

도유강이 막 젓가락을 들고 잉어찜을 찍으려 할 때였다.

옆 좌석 분위기가 이상했다.

손약란이 음식을 노려보며 씩씩거리고 있었다. 거친 숨결을 토하는 것이 심상치 않았다. 정확히 그녀의 두 눈은 만두를 노려보고 있었다.

"후우! 후우! 후우!"

나름 진정하려는지 흥분이 더해진 것인지 모를 숨소리가 새어 나왔다.

도유강은 짜증이 머리끝까지 솟구쳤다.

‘제발 제대로 된 인간들과 함께하고 싶다~’ 라고 고함이라도 지르고 싶었다.

동행하는 인간 중 하나는 죄없는 점소이를 붙들고 시비를 걸질 않나, 또 다른 인간은 만두를 원한에 찬 눈빛으로 노려보고 있다.

“넌 또 왜 그래?”

“무시당했어.”

손약란이 코를 벌름거리며 대답했다.

“누가 널 무시했다는 것이냐!”

만두가 무시했다고 보기엔 만두는 그저 살포시 접시 위에 대열을 맞춰 앉아 있을 뿐이었다.

“하나가 모자라.”

“뭔 소리야!”

“우린 여섯 개야. 여섯 개라고. 옆자리엔 일곱 개인데 우린 여섯 개라고!”

손약란이 고성을 지르며 자리를 박차고 일어났다.

주변 손님들이 놀란 눈으로 바라봤다.

“나 무시당했어! 여긴 왜 만두가 여섯 개냔 말이다!”

그 말과 함께 손약란이 탁자를 엎어버렸다.

잉어찜과 유저, 만두가 날아올랐다.

도유강은 정신이 급히 가출을 해버린 기분이었다.

맞은편에 앉아 있던 풍천의 머리 위로 잉어가 올라탔고, 가슴에 유저가 덕지덕지 붙었다. 표정만 봐서는 화가 났는지 아닌지 판단할 수가 없었다.

점소이들이 달려오고 주위 손님들이 불만을 쏟아냈다.

그러나 손약란은 아랑곳하지 않고 노성을 토했다.

"이 새끼들이 날 무시해! 감히 손약란을! 객잔 문 닫아! 오늘 다 죽여 버릴 테다!"

그녀가 점소이들 쪽을 향해 신형을 날렸다.

그러나 손약란은 허공에 막 솟구치다 뜬 채로 정지했다.

어느샌가 풍천이 손약란의 머리를 붙들고 있었다.

뚜드득!

손약란의 모가지가 돌아갔다.

모가지가 돌아간 채로 손약란이 팔을 마구 휘저었다.

"다 죽여 버릴 테야! 다 죽여 버릴 거라고!"

주위 손님들이 '사람이 죽었다! 세상에, 모가지가 돌아갔어' 라며 비명을 내질렀다.

도유강은 힘이 쑥 빠져 젓가락을 힘없이 떨어뜨렸다.

많은 것을 바란 것은 아니었다. 그저 평온한 식사를 원했을 뿐이다.

"풍천, 가자."

"송구합니다."

풍천이 대답하고, 손약란을 제압해 옆구리에 끼웠다.

입은 여전히 살아 있어 욕을 내뱉던 손약란은 아혈까지 짚인 후에야 잠잠해졌다.

그 뒤를 쫓아 도유강이 심란한 얼굴로 객잔을 나섰다.

막 문을 나서려 할 때 누군가 두 팔을 활짝 벌리고 가로막았다.

"음식 값이라도 주고 가시오!"

도유강은 주인장을 향해 짧고 단호히 말했다.

"여섯 개였다!"

*   *   *

전광동자의 손이 날았다.

찰싹!

고사리 같은 손이었다.

선 채로 보고하던 흑심수는 뺨이 불타며 속절없이 나뒹굴었다. 그러나 흑심수는 넘어졌다 싶은 순간 용수철이 달린 양 벌떡 일어났다.

퍽!

이번엔 발이었다.

발이 복부에 꽂히자, 흑심수가 배를 움켜쥐고 주저앉았다.

흑심수는 다시 고통을 참고 튕기듯 몸을 일으켰다.

"죄송합니다."

"죄송? 그래, 죄송하겠지. 고작 생각한다는 것이 만두 속에 기름종이 서신을 넣은 것이라니. 대가리에 똥이 들어 있는 것이 아니고서야 가당키나 한 짓이냐?"

고작 열한두 살 정도로 보이는 아이였다. 지나가다 머리라도 한번 쓰다듬어 주고 싶을 정도로 귀여운 모습이었다. 전광동자의 목소리는 외모만큼이나 앳된 탓에 마치 전쟁놀이를 하는 아이 같았다.

그러나 그 앞에 선 사십대 중반의 흑심수는 멋들어지게 기른 수염까지 부르르 떨며 공포에 질려 있었다.

"소교주와 동행하는 여인이 식탁을 엎어버릴 줄은 몰랐습… 억!"

흑심수는 말을 채 맺지 못하고 쿵 소리와 함께 머리가 땅에 박혔다.

전광동자가 흑심수의 머리를 지그시 밟았다.

"기발한 방법이란 것이 고작 점소이와 작당한 것이었다니, 쯧쯧쯧, 네놈이 살아남아야 할 이유가 있다면 한 가지만 대봐라."

흑심수가 마른침을 꿀꺽 삼켰다.

짓이겨진 입술 사이로 간신히 한마디가 새어 나왔다.

"…숙부님."

전광동자가 바로 콧방귀를 뀌었다.

"흥, 아주 미련하진 않구나. 한번 실수는 병가지상사 어쩌고저쩌고 했다면 죽여 버리려 했거늘. 방금 네가 생과 사의

갈림길에서 최선의 자구책을 떠올렸듯 이번 임무를 온전히 마무리해야 할 것이다. 두 번째 기회가 너의 전부다. 그땐 피가 물보다 진하다 따위로는 살아남을 수 없을 것이다.”

“명심하겠습니다.”

혹심수의 눈에 불꽃이 일었다.

생채기가 난 얼굴과 욱신거리는 온몸의 통증은 아무것도 아니었다. 무슨 수를 내서라도 이번 밀명을 성공리에 마쳐야 했다.

지금 그의 눈앞에는 음양쌍마와 암령주가 미동도 않고 부복하고 있었다.

그중 암령주의 얼굴은 거의 알아보지 못할 정도로 엉망이 되어 있었다.

전광동자에게 당한 것의 두 배로 혹심수는 암령주에게 돌려준 뒤였다. 계략이랍시고 낸 것이 바로 암령주였기 때문이다.

혹심수가 검집째로 암령주의 머리를 툭툭 쳤다.

“암령주! 네놈이 날 죽일 생각이었던 것이냐?”

암령주가 어깨를 떨었다.

“용서하십시오.”

“이것으로 끝이라고 생각하면 오산이다. 임무를 마치고 본교로 돌아가면 그땐 제대로 문책해 주겠다. 그러나 지금 중요한 것은 무엇보다 임무를 완수하는 것이지.”

흑심수가 수하들을 노려봤다.

"이번이 두 번째지만 마지막 기회다."

대답없이 공기만 무거워졌다.

"하지만 이 임무가 교주님의 비밀스러운 특명이니만큼 성공한다면 큰 보상이 따를 것이다. 암령주!"

"분부하십시오."

암령주가 대답했다.

"작전은 소교주 일행이 객방에 들 때 실행에 옮길 것이다. 너는 암령대를 이끌고 풍천을 유인하도록 한다."

"그리하겠습니다."

"되도록 교전없이 최대한 멀리 유인하는 것이 중요하다."

"네."

흑심수의 시선이 이번엔 음양쌍마를 바라봤다.

"너희는 나와 함께 소교주를 맡는다."

"네!"

쌍둥이인 음양싸마가 동시에 대답했다.

"제한된 공간과 근접 상태에서 소교주의 은혼섬은 치명적인 위력을 발휘하니 각별히 주의를 기울여야 한다."

음양쌍마의 대답을 들은 후 흑심수는 성공을 확신했다.

아니, 성공해야만 한다. 목숨이 달린 일이었다.

*　　*　　*

도유강은 달빛에 드러난 창밖의 풍경에 매료되었다.

한 쌍의 연인이 담벼락 그림자 속에서 꼭 끌어안고 입맞춤을 하고 있었다. 비록 어둠에 묻히다시피 하고 있었지만 도유강은 안력을 끌어올려 어렵지 않게 두 사람의 진면목을 볼 수 있었다.

사내는 삼십대 초반으로 아랫배가 나왔고, 여자는 미녀와는 거리가 먼 외모였다.

그럼에도 도유강은 저들이 부러웠다.

저들의 평범한 일상이 부러웠다.

마교니 강호 세력이니 하는 거창한 것들로부터 벗어나 한적한 시골에서 단란한 가정을 꾸리고 소박한 즐거움을 누리고 싶었다.

그러나 현실은…….

"공자, 안 주무십니까? 늦게 자면 피부가 거칠어진다고 말했을 텐데 이 새끼가 말을 못 알아듣네."

이것이었다.

이제껏 그래 왔듯 이날도 풍천은 방을 하나만 잡았다. 그리고 언제나처럼 손약란과 함께 밤을 보내야 했다. 비록 두 개의 침상이 갖춰진 객방이긴 해도 손약란과 한 방을 쓴다는 것은 고문이나 다름없었다.

풍천이 잠을 어디서 자는지는 알 수 없었다. 잠을 자기는 하는 것인지 의문이었다.

"유강 공자님, 오늘은 한 침상에서 자보는 건 어때요? 호호호, 말하고 나니 조금 창피하네요. 아잉, 부끄러워라. 개자식, 사람을 부끄럽게 하고 지랄이야. 흐으응~"

'하아!'

동행한 지도 보름째가 된 터라 면역이 될 법도 하건만 손약란의 말투에는 좀처럼 마음을 조절하기가 쉽지 않았다.

도유강은 한쪽 창문을 닫고 돌아섰다.

더 머뭇거리다간 무슨 욕이 튀어나올지도 모르고, 욕에 욱해서 주먹을 날릴 가능성도 있었다.

바로 그때였다.

슝!

파공음이 나는가 싶더니 귀밑머리를 뭔가가 스치고 지나갔다.

팍!

파르르르.

창문 반대편 벽에 화살 한 대가 박혀 부르르 떨었다. 화살의 몸통까지 벽에 박혀 고작 깃털만 보일 정도로 위력적인 궁격이었다.

도유강이 즉시 바닥에 넙죽 엎드렸고, 손약란은 침상에서 튕겨 나와 벽에 달라붙었다.

손약란이 흥분한 어조로 말했다.

"이 새끼야, 이게 무슨 일입니까?"

그 대답은 도유강의 몫이 아니었다.

슝슝슝!

파파팍!

순식간에 열다섯 대의 화살이 창문을 타고 쏟아졌다.

창문 맞은편 벽이 고슴도치가 되었다.

"어떤 놈들이야! 나까지 죽일 기세잖아! 야, 유강! 너 대체 뭐 하는 새끼야!"

손약란이 고함을 내질렀다.

그때 풍천이 창문을 타고 안으로 들어왔다.

"주군, 괜찮으십니까?"

파파파팍!

풍천의 등에 화살이 쏟아졌다. 그러나 벽도 꿰뚫을 정도의 화살이었지만 풍천을 어찌하지 못하고 맥없이 튕겨 나갔다.

"난 괜찮다. 적을 막아라."

"명을 받듭니다."

풍천이 머리를 조아리고는 곧바로 도유강의 마혈을 점했다.

"풍천, 이게 무슨 짓이냐!"

풍천은 서둘러 도유강을 옆구리에 끼웠다.

도유강이 놀라 외쳤다.

"당장 내려놓지 못하겠느냐!"

풍천이 창문 밖으로 신형을 날렸다. 어느새 오른손엔 검을 쥐고 있었다.

"주군, 무례를 용서하십시오. 놈들을 추살하는 것도 중요
하지만 주군을 두고 갈 수는 없습니다."

"네놈 혼자 가란 말이다, 이 자식아! 내가 물건이냐!"

풍천이 듣지 못했다는 듯 길게 휘파람을 불며 신형을 날렸다.

뒤쪽에서 손약란의 고함 소리가 들렸다.

"이봐, 난 어쩌고~!"

잠시 후 객방으로 세 사람이 들이닥쳤다.

흑심수와 음양쌍마였다.

"히이익!"

홀로 오들거리며 떨고 있던 손약란이 괴상한 비명을 지르
며 양팔로 어깨를 감쌌다.

"소……."

흑심수가 말을 멈췄다.

소교주 도유강은 보이지 않았다. 그의 얼굴에 급격히 당혹
감이 서렸다. 음양쌍마도 상태는 거기서 거기였다.

어떤 영문인지도, 어떻게 행동해야 할지도 모를 공황 상태
에 빠진 손약란이 조심스럽게 물었다.

"저기… 뭐 하는 새끼들이세요?"

흑심수가 얼이 나간 표정으로 손약란을 바라봤다.

"어디로 갔지?"

"저기… 그러니까… 애송이를 말하는 것이라면요, 풍천이
랑 떠났는데요. 근데 왜 보자마자 반말이신지?"

"허허허."

흑심수가 허망하게 웃었다.

좌우에 벌려 선 음양쌍마의 얼굴은 이제 하얗게 질려 버렸
다. 이 상황이 말하고 있는 의미, 그 결과를 그들은 너무도 잘
알고 있었다.

음마가 나름 묘수를 냈다.

"여자를 인질로 삼는 것은 어떻겠습니까?"

흑심수가 넋이 나간 눈으로 힘없이 고개를 저었다.

"네 눈엔 저 여자가 정상으로 보이냐?"

음마가 입을 닫았다. 양마도 유구무언이었다. 인정하지 않
을 수 없었다.

아니, 비록 여자가 정상이라고 해도 인질극 따위가 통할 리
없었다. 소교주가 중요할 뿐이지, 여자가 살든 죽든 신경 쓸
이유가 없는 것이다. 그들이 풍천이라도 백번 그리할 터였다.
그것이 바로 마교였다.

손약란이 손으로 입을 가리며 '호호호, 별 시답잖은 농담
도' 라고 말했다.

흑심수는 완전히 넋이 나가 있었다.

"또 실패라니… 허허허……."

자조 섞인 웃음에 음양쌍마의 눈이 불안하게 흔들렸다.

둘은 빠르게 서로 눈빛을 교환하더니 번개같이 창 쪽으로
신형을 던졌다.

안타깝지만 그들의 불길한 예감은 적중했다.

펑~! 퍼엉!

흑심수가 막 도약하려던 음양쌍마에게 장력을 퍼부었다.

"컥!"

"크윽!"

단말마의 비명 속에 선혈을 뿜어내며 음양쌍마가 절명했다.

흑심수가 두 수하의 주검을 보며 가만히 중얼거렸다.

"너희는 어차피 죽는다. 물론 나도."

손약란이 입을 쩍 벌리고, 벌린 입에 말아 쥔 주먹을 밀어
넣고 있었다. 그녀로서는 뭐가 뭔지 도무지 이해할 수 없는
일투성이었다.

흑심수가 자신의 관자놀이를 가격했다.

픽!

수박 터지는 소리가 나며 흑심수가 무너졌다.

손약란이 뛰는 가슴을 한 손으로 누르고 슬금슬금 흑심수
에게 다가갔다.

"여보세요."

그녀가 흑심수의 몸을 툭 치고는 후다닥 물러났다.

반응이 없었다.

다시 용기를 내 흑심수의 몸을 수차례 흔들었다.

"장난하는 거죠? 설마 뒈진 건 아니죠?"

손길 가는 대로 몸이 맥없이 흔들렸다.

"히익! 정말 뒈져 버렸네."

손약란은 나름 산전수전 다 겪어봤다고 자부했지만 오늘 같은 상황은 처음이었다. 녹림으로서는 흉내 내기도 힘들 정도로 잔혹한 놈들이었다.

"정말 웃기는 놈들이네. 또 기회를 잡으면 되지 죽긴 왜 죽어. 이 싸가지없는 새끼님들아, 사람 목숨이 그렇게 같잖냐! 네 놈들이 무슨 마교라도 돼? 어디서 목숨 가지고 마교 흉내인데?"

풍천이 다시 객방으로 돌아왔을 때, 도유강은 피 칠갑을 한 상태였다. 풍천이 마교 암령조를 도륙하면서 그 피를 고스란히 뒤집어쓴 것이었다.

손약란이 화들짝 놀라 뒷걸음질쳤다.

"풍천님, 옆구리에 핏덩이는 누구신가요?"

풍천이 도유강을 내려놓았다.

도유강은 즉시 고함을 내질렀다.

"풍천, 날 피로 목욕시킬 작정이었던 것……."

도유강은 말을 멈췄다.

방에 쓰러져 있는 세 구의 시체가 비로소 눈에 들어왔기 때문이다.

풍천은 몸을 숙이고 어느새 시체를 살피고 있었다.

"이자는 흑심수이고, 이 둘은 음양쌍마로군요."

도유강은 처음 보는 얼굴이었다. 그러나 풍천은 알고 있었다. 그것은 이번 소동이 마교 척살조의 공격이라는 명확한 선언이었다.

"이들이 왜 이곳에서 죽어 있는 것이냐?"

풍천이 대답 대신 손약란을 바라봤다.

극도로 표정없는 얼굴임에도 의문이 떠오를 정도였다. '네 실력으로 상대할 수 있는 자들이 아닐 텐데'라고 말하는 것도 같았다.

손약란이 어깨를 으쓱하더니 손으로 흑심수를 가리켰다.

"이놈이 흑심수랬지? 음, 그러니까 흑심수가 '또 실패로군', 이러면서 이 쌍둥이를 죽여 버렸어. 그러더니 장력으로 제 머리를 가격하더니 그냥 돌아가시던데?"

"뭔 소리야?"

도유강이 짜증스럽게 말했다.

손약란이 대들었다.

"주군님아, 저도 잘 모르겠거든요. 나도 물어보고 싶었다고요. 근데 물어볼 틈도 없이 뒈져 버리는데 나더러 어쩌라는 거야! 그나저나 풍천 너 이 새끼! 나는 왜 안 데리고 간 거냐? 장식품도 좀 챙기면 어디 덧나냐?"

풍천은 못 들었다는 듯 무시하고 품에서 작은 옥병을 열고 세 구의 시체를 향해 들이부었다. 몇 방울에 불과했지만 효과는 대단해서 시체가 녹아내리며 한 줌의 혈수로 변하더니 종래에는 그것마저 사라져 버렸다.

손약란의 얼굴이 하얗게 질렸다.

그녀가 과감히 엄지를 추켜세웠다.

"풍천님, 최고세요!"

풍천이 고개를 삐딱하게 하고 손약란을 바라봤다.

"그런데 넌 어떻게 살아남을 수 있었지?"

도유강도 그게 의문이었다.

묘하게 다행이란 생각이 들면서도 어떤 해침도 당하지 않았다는 점이 불가사의하게 느껴졌다.

손약란이 두 손을 가지런히 모으고 정중히 대답했다.

"네, 그건 말이죠, 저기 오른쪽에 녹아내린 놈이 절 인질로 삼자고 했어요. 그런데 중간에 녹아버린 녀석이 제가 미친년이라면서 그럴 가치조차 없다고 했어요. 흑흑흑, 말하고 나니 씨발, 서럽네. 난 도대체 뭐냐고."

풍천이 고개를 끄덕였다.

도유강도 어처구니가 없었지만 완전히 납득하고 말았다.

굳이 더 설명하지 않아도 될 만큼 완벽한 해명이었다.

풍천이 도유강을 향해 돌아섰다.

"주군, 시작되었습니다. 일단 이곳을 벗어나는 것이 좋겠습니다."

"그러지."

도유강이 고개를 끄덕였다.

곧바로 마차는 밤을 틈타 달리기 시작했다. 피를 대충 씻어낸 것이 머뭇거림의 전부였다.

마차 안에서 도유강은 착잡한 마음을 금할 길이 없었다.

마교에서 척살조를 보낼 것이라고는 생각하고 있었지만 막상 현실로 닥치니 앞날이 캄캄했다.

비록 풍천이 곁에 있다고 해도 끝없이 밀려올 그 수많은 고수들을 어찌 다 감당할 수 있단 말인가.

젠장이었다.

그냥 내버려 두면 마교고 강호고 다 집어치우고 고요히 살 자신이거늘 왜 죽이려 그 난리를 피우는지…….

도유강은 그러다 또 머리를 저었다.

생각해 보니 그것도 자신이 없었다.

풍천.

풍천이 있는 한 불가능했다.

'이것이 정녕 진퇴양난이로구나.'

내심 탄식을 토할 때였다.

손약란이 바싹 옆으로 다가앉았다.

그녀가 손으로 입을 가리고 귀에 속삭였다.

"너 이 새끼, 대체 정체가 뭐야?"

第五章

만리혈향

전전
긍긍
마교교주

마교의 객잔 기습 사건은 여러 가지 불편함을 몰고 왔다.

풍천이 예민해진 것이다.

풍천은 그날로부터 미친 듯이 마차를 몰았고, 거의 마차를 세우는 일도 없었다.

덕분에 도유강은 마차가 달리는 중에 잠을 청해야 했고, 또 그 와중에 식사를 해결해야 했다. 용변을 볼 때나 말들이 휴식을 필요로 한다 싶을 때만 잠깐 멈추는 것이 고작이었다.

세안조차 제대로 못하고 닷새가 지나자, 마차 안은 고린내가 슬슬 풍기기 시작했다.

도유강은 풍천이 무슨 이유로 그러는지 알고 있었기에 꾹 참고 견딜 수 있었고, 뜻밖에도 손약란 또한 이런 생활도 나쁘지 않다면서 버텨주었다.

그러나 역시나였다. 손약란은 사흘이 더 지나면서 온갖 짜증을 부리기 시작했다.

"풍 대협! 이제 좀 쉬는 건 어떻습니까? 네놈의 주군한테서 얼마나 냄새가 나는지 견딜 수 없다고~!"

그때마다 풍천은 어느 집 개가 짖느냐는 듯 무반응이었다.

도유강도 손약란의 신경질에 일일이 반응하는 것에 지쳐 그냥 없는 사람 취급해 버렸다.

"풍 대협! 네놈의 주군께서 머리카락에서 기름이 뚝뚝 떨어지거든요. 어디 가까운 기름집에 들러서 기름 좀 짜고 가는 건 어떻습니까? 한몫 단단히 챙길 수 있을 것 같습니다만."

갑자기 마차가 멈췄다.

풍천은 두말하지 않고 모가지를 돌려 버렸다.

그럼에도 손약란은 불평을 멈추지 않았다. 이제 모가지 돌아가는 것쯤은 일상 중 하나로 치부하는 모습이었다.

"호호호, 모가지가 돌아가니까 목에 낀 때가 갈라져 떨어지겠다. 호호호, 신기하기도 하지. 이렇게 생각지도 못한 일을 겪는 것이 바로 강호행 아니겠어?"

도유강이 미간을 좁히며 손약란의 목을 바라봤다.

때가 떨어지진 않았지만 모가지가 돌아가 접힌 부분에 때금이 선명히 드러나 있었다.

어릴 적에 도유강은 미녀들은 용변도 보지 않고 몸에 때라는 것은 애초에 없을 것이라고 생각한 적이 있었다. 이미 그 환상은 깨어진 지 오래였지만 그래도 이렇듯 두 눈으로 확인하니 미인도 한낱 인간에 불과하다는 것이 실감났다.

미녀도 욕을 하고 때도 장난이 아니게 많을 수도 있는 것이다.

도유강은 더 이상 보고 있을 자신이 없었다. 이건 그녀만의 문제가 아니라 자신의 모습이기도 할 것이 뻔했기 때문이다.

"풍천, 당장 개울가로 가자. 도저히 안 되겠다."

"호호호, 주군. 오랜만에 마음에 드는 소리를 하시는군요."

손약란이 반갑게 동조했다.

그러나 정작 풍천은 대답이 없었다.

도유강이 화가 치밀어 버럭 외쳤다.

"이놈, 풍천! 내 말이 말 같지 않느냐!"

"주군, 조금만 참아주십시오. 미래의 영광을 위해 잠시의 고난은 참을 수 있어야 합니다."

"거창하게 둘러댈 필요 없다. 네놈은 신선한 공기라도 맘껏 쐬니까 그리 여유있게 말하는 것이다."

그 말이 끝나기가 무섭게 마차가 천천히 속력을 줄이더니 멈춰 섰다.

도유강은 그래도 풍천 이놈이 체면을 살려주는구나 싶었다. 하지만 다른 한편으로는 지존의 길 운운하면서 자신의 모가지도 돌려 버리려고 그러나 싶어 내심 마음을 졸였다.

"길을 비켜라."

마차 밖에서 풍천의 싸늘한 음성이 울려 퍼졌다.

도유강은 머리카락이 쭈뼛 섰다.

'마교 척살조?'

손약란도 이미 면전에서 경험을 했던지라 위기를 느끼고 허둥댔다.

"내 모가지, 내 모가지……. 이 새끼야, 어떻게 좀 해봐."

밖에서 마교 척살조의 음성이 들렸다.

"죄송하외다. 마차가 구덩이에 빠져 바퀴가 부서져 버리고 말았다오."

웅? 마차 바퀴가 부서졌다고?

척살조가 아니었다. 중년사내의 목소리는 조심스럽고 공손했다.

풍천이 길을 비키라고 한 것으로 볼 때 마차 한 대가 겨우 지날 만한 소로에 망가진 마차가 길을 막고 있는 형국이 틀림없었다.

"신분을 밝혀라!"

풍천이 말했다.

"서안 동쪽에 자리한 무천관 소속 삼단주 상필웅이오."

다시 들린 중년사내의 음성은 정명하지 못했다. 단주라곤 해도 이름조차 알려지지 않은 삼류무관 소속이어서인지 내공

수준이 형편없어 보였다.

위험 요소는 없다.

도유강은 마차 밖으로 나갔다.

무천관의 마차는 오른쪽 뒷바퀴가 움푹 꺼져 비스듬하게 기울어져 있었다. 예상했던 대로 길이 좁아 가장자리로 바싹 붙이든지 해야 할 상황이었다.

어려움이 눈앞에 있으니 작은 힘이 되어주는 것이 나을 듯싶어 도유강이 말했다.

"풍천, 마차 치우는 것을 도와주도록 해라."

"명을 받들겠습니다."

마부석에서 훌쩍 뛰어내린 풍천이 성큼 다가가 마차를 두 손으로 붙들었다. 자세와 힘을 주는 방향이 그냥 냅다 집어던져 버릴 기세였다.

상필웅이 질겁하며 풍천의 팔을 붙들었다.

"안 됩니다. 안에 아씨께서 타고 계십니다."

"그게 나와 무슨 상관이지?"

풍천이 이해가 안 된다는 듯 반문했다.

도유강은 혀를 찼다. 무심해도 도가 지나쳤다.

풍천이란 인간은 목표를 세우면 그 길로 곧장 달려가는 족속이었다. 그 앞을 가로막는 것은 무엇이든 장애물이니 그 안에 미녀든 할머니든 의미가 없었다.

"무고한 사람을 다치게 해선 안 된다."

“다치게 하지 않겠습니다.”

풍천이 대답하고 마차를 향해 말했다.

“여자는 당장 나오라.”

마차에서 여인이 조심스럽게 나왔다.

이십대 초반 정도로 청의 경장을 입고 있었는데, 섬세한 이목구비에 새하얀 피부와 큰 눈이 돋보였다. 손약란을 처음 봤을 때의 충격적인 미모는 아니었지만 굳이 웃지 않아도 눈웃음을 머금고 있는 따뜻한 얼굴의 여인이었다.

“소녀가 방해가 되고 말았군요.”

“여자! 방해가 되는 것을 안다면 마차에서 좀 더 비켜서라!”

“네? 네.”

여인이 당황하며 물러섰다.

풍천이 마차를 옆 비탈로 내던져 버렸다. 전혀 힘든 기색도 없이 그저 집 안 청소할 때 거치적거리는 것을 옆으로 치우듯 그냥 휙 던져 버린 것이었다.

여인과 상필웅이 ‘어어…’ 했고, 네 마리의 말이 발버둥을 치는 사이, 꽈자작 소리와 함께 마차가 박살이 나며 비탈을 굴렀다.

말들이 몸부림을 치며 휘이이잉, 하고 울부짖는 소리가 점점 멀어져 갔다.

여인의 안색이 창백해졌다.

상필웅은 두려운 낯빛을 하면서도 볼멘소리를 냈다.

"굳이 말까지 던져 버릴 필요는 없지 않았소이까?"

"말고기가 아쉬우면 내려가서 찾아보라."

풍천이 일반인의 상식에 어긋나는 말을 가차없이 내뱉었다.

상필웅은 인상을 찡그렸지만 더는 추궁하지 않았다. 그 대신 여인을 흘깃 바라보고는 자신이 지켜야 할 것이 말이 아니라 이 여인이라는 듯 정중히 도유강을 향해 포권하며 예를 취했다.

"길이 험합니다. 저는 상관없으니 관도까지만이라도 아씨를 부탁드려도 되는지요?"

아직까지 여인은 얼굴이 하얗게 질린 채로 제 얼굴을 회복하지 못하고 있었다.

도유강은 저렇게 놀란 상태로는 걷기도 힘들겠다 싶어 고개를 끄덕였다.

"그렇게 하십시오."

도유강은 그뿐 아니라 상필웅도 배려했다. 풍천에게 함께 마부석 옆자리에 앉으라 하니 풍천도 군소리없이 그 말을 따랐다.

여인과 상필웅이 감사의 말을 건넸다.

여인이 들어가도록 문을 열어주니 여인이 슬쩍 고개를 숙여 보이고는 먼저 마차에 올랐다.

그녀는 고개를 돌리고 있는 손약란을 발견하고 미소로 인사를 건넸다.

"한 분이 또 계셨군요. 실례하겠습니다."

그러다 손약란이 가슴을 앞으로 하고, 두 손은 단정히 무릎 위에 올려놓은 채로 머리가 뒤로 돌아가 버린 것을 보고는 '꺄아악' 하고 비명을 내질렀다.

뒤로 나자빠지려는 여인을 도유강이 허리를 붙들어주었다.

"귀신이 아니라 살아 있는 사람이니 두려워하지 않아도 됩니다."

도유강은 여인을 도와 옆자리에 앉도록 했다.

그때 손약란이 괴상한 웃음을 흘리기 시작했다.

"히히히히, 내 모가지를 돌려놓아라. 그전에는 이승을 떠날 수 없다. 히히히히."

여인이 다시 비명을 지르면서 도유강의 품에 안겼다.

조금만 힘을 주면 부서질 듯 가녀린 몸이었다.

여인의 향취도 동시에 확 풍겼다. 향긋하고 달콤한 내음에 도유강은 머리가 어지러울 지경이었다.

손약란이 귀신 흉내를 낸 것이 뜻밖에 인연을 맺게 하는가 싶어 처음으로 손약란에게 고마운 마음이 들었다. 몇 번이고 상관없으니 마음껏 귀신 소리를 내라고 응원해 주고 싶을 정도였다.

그러나 손약란은 더 이상 귀신 소리를 내지 않았고, 덕분에 여인도 낯을 붉히며 몸을 뗐다.

마차는 속력을 높여 달리기 시작했다.

마부석에서는 어떤 대화도 들려오지 않았다.

도유강은 보지 않고도 풍천의 옆자리에서 상필웅이 식은 땀을 흘리고 있을 것을 상상할 수 있었다.

그때 손약란이 머리를 힘겹게 옆으로 돌리고는 여인을 바라봤다.

"아가씨 이름은 뭐야? 목 핏대가 예쁘게 생겼네. 땀구멍도 조그만 게 귀엽고. 남자깨나 홀렸겠는걸. 몇 놈이나 삼켰어?"

"사, 삼키다뇨? 저는 그런 건 잘 몰라요."

"이년아, 이름이 뭐냐고? 왜 대답하고 싶은 것만 골라서 대답하는 거야!"

"주설빈이에요."

도유강은 한숨을 내쉬고는 눈을 감아버렸다.

할 수만 있다면 손약란 대신 주설빈과 함께 여행을 하고 싶었다. 풍천에게 말한다면 영웅호색을 들먹이며 뜻대로 해줄 것도 같았다. 그러나 또 한편으로 자신이 원하는 것을 스스로 선택하지 못하고 수하에게 일일이 허락을 맡고 끌려 다니는 이 현실이 비참하게 느껴졌다.

손약란은 몇 마디 시답잖은 이야기를 건넸지만 주설빈이 예, 아니오 정도로만 짧게 대답하자, 재미없는 년이라면서 모가지를 뒤로 돌려 버렸다.

　마차 안은 이내 침묵 속에 빠졌다. 괜히 어색한 시간이 이어졌다.

　도유강은 무슨 말인가를 꺼내 대화를 해보고 싶었지만 한 번 내려앉은 침묵의 무게는 만만치 않아서 그것을 걷어낼 만한 말이 쉽게 떠오르지 않았다.

　바로 그때였다.

　[놀라지 마세요. 대답하지 마세요.]

　'헉?

　도유강이 깜짝 놀라 주설빈을 바라봤다.

　그녀의 음성이었다. 그녀가 전음을 날린 것이다. 그녀는 어깨를 움츠리고 잔뜩 긴장한 표정이었다. 연극이었고, 이는 명백히 의도적인 접근이었다.

　놀라지 말란다고 놀라지 않을 수 없는 상황이었지만 도유강은 가까스로 경악성을 토하는 걸 참아냈다.

　[제가 무슨 말을 꺼내도 소리를 내지 않았으면 좋겠어요. 약속해 주세요.]

　[넌 누구냐?]

　도유강도 전음으로 물었다.

　[소교주님.]

　그 말이면 대답으로 충분했다. 짐작한 대로였기에 이 부분에서 놀라진 않았다.

[척살조는 아닌 모양이로군.]

[척살조입니다. 표면적으로는요.]

[표면적?]

[소교주님을 죽일 기회라면……]

주설빈이 전음을 중단했다.

히히잉, 하며 말들이 울고, 마차가 급히 멈췄기 때문이다.

여인의 얼굴에 순간 두려움이 떠올랐다.

"커억!"

상필웅의 짧은 비명 소리가 터졌다.

쾅!

마부석과 마차 안을 가로막은 나무판에 큰 구멍이 뚫리고 풍천이 안으로 뛰어들었다.

"주군, 위험합니다."

풍천이 망설임없이 검지를 세워 주설빈을 가리켰다.

핑!

파공성과 함께 주설빈이 가슴을 움켜쥐고 쓰러졌다.

풍천이 주설빈의 뒷덜미를 잡고 일으켜 세웠다. 그녀의 입 가로 피가 흘러내렸다. 안색은 검게 물들어 있었다.

"이런, 죽었습니다."

"독단인 것이냐?"

"그렇습니다. 지풍으로 혈도를 점하였는데 거의 동시에 입 안의 독단을 터뜨린 것으로 보입니다."

반드시 이루어야 하고, 포획되지 말아야 하는 임무에 있어 마교의 수하들은 독단을 물고 임무를 수행하도록 되어 있었다.

"상필웅이라는 자도 마찬가지였습니다."

풍천이 말을 보탰다.

이 갑작스러운 변고에 손약란이 버럭 고함을 내질렀다.

"야, 이 새끼들아, 너희 대체 뭐 하는 것들이야!"

그녀는 뒤돌아선 채로 모가지를 정면으로 하고 손을 불편하게 뒤로 뻗어 침을 튀기며 삿대질을 했다.

"왜 찾아오는 놈들마다 목숨이 서너 개쯤은 되는 것처럼 자결을 하냔 말이다!"

도유강은 굳이 손약란에게 그 이유를 설명할 생각은 없었다. 도리어 말만 많아지는 것일 테니까.

풍천도 같은 생각이었는지 손약란을 향해 손을 뻗었다.

파공성이 일며 손약란이 눈을 까뒤집고 풀썩 주저앉았다. 지풍을 날려 혼혈을 찍은 것이다.

풍천이 턱을 어루만지며 주설빈을 지그시 응시하며 생각에 잠겼다.

도유강도 미간을 좁히며 생각에 빠졌다.

주설빈! 물론 가명일 것이다.

그러나 그녀의 말에는 묘한 구석이 있었다.

'척살조이지만 척살조가 아니다라……. 표면적이란 말은 무슨 뜻일까?

비록 그녀는 바로 곁까지 접근했으나 명백히 살의를 지니고 있지 않았다.

'도대체 무슨 말을 하고 싶었던 것일까?

손약란의 말마따나 목숨 정도는 여유분으로 서너 개쯤 가지고 다닌다는 듯 죽어버린 것이야 마교의 생리상 당연한 것이기도 했다.

문제는 애써 접근하려는 이유였다.

뭔가 떠오를 듯하다가 순식간에 안개처럼 흩어지며 생각이 정리되지 않았다.

도유강은 일단 그 부분은 마음에 묻어두기로 하고 풍천을 돌아봤다.

"풍천, 어떻게 알아차렸느냐?"

전음을 엿듣는 기이한 능력까지 지니고 있는 것은 아닌가 싶었다.

"상필웅에게 미끼를 살짝 던졌을 뿐인데 어리석게도 덥석 물었습니다."

"미끼?"

전음을 들은 건 아니란 소리였다. 만약 전음까지 들을 정도라면 정녕 숨이 막힐 것 같았는데 그나마 다행스럽다는 생각이 들었다.

"네, 주군. 조금은 공교롭다 싶어 혹시나 하는 마음에 전음으로 질문을 던졌습니다. '마교의 어느 소속이냐? 이번 임무는 누가 지휘하고 있지? 라는 두 가지 질문이었습니다."

도유강은 내심 감탄했다.

풍천은 곰처럼 미련해 보이나 실제 곰이 미련하지 않듯 의외로 날카로운 구석이 있었다. 상필웅으로서는 재수가 없었던 셈이다. 한마디 말도 없이 긴 침묵만 지키다 느닷없이 꺼낸 첫마디가 마교 어느 소속이었고, 그것도 음성이 아닌 전음이었으니 듣는 순간 머리털이 쭈뼛해졌으리라. 이는 상필웅이 어리석은 것이 아니라 풍천이 똑똑하다고밖에는 볼 수 없는 상황이었다.

풍천이 말을 이었다.

"상필웅은 안색은 대번에 급변했습니다. 그 즉시 속하가 손을 썼으나 상필웅은 훌륭하게도 자신이 해야 할 일을 정확히 알고 있었습니다. 독단을 깨문 것이죠."

훌륭하다고? 도유강은 정말이지 풍천의 뇌 속이 궁금해졌다. 방금 전까지 감탄했던 것이 아까울 지경이었다. 분명 머리를 열어보면 거의 태반이 훌륭한 마교인의 자세나 지존의 행동양식, 보필의 최선은? 따위로 가득 차 있으리라.

도유강이 풍천의 뇌를 의심하고 있을 때였다.

"주군, 한 가지 의문이 있습니다."

"말하라."

"놈들이 주군의 위치를 정확히 파악하고 있다는 생각이 듭니다."

"경공을 펼친다면 마차를 따라오는 건 어렵지 않다."

풍천이 고개를 갸웃했다.

"제 이목을 벗어난 채로 추적한다는 건 무리가 있습니다. 게다가 그들은 앞지르기까지 했으니 이는 필시 다른 방편을 의심하지 않을 수 없습니다."

일리가 있었다. 도유강도 고개를 끄덕였다.

풍천이 말을 이었다.

"소인의 생각으로는 이미 마교 내에 주군이 머물고 계실 때 만리혈향을 뿌려놓은 듯합니다."

"만리혈향?"

도유강도 만리혈향에 대해 잘 알고 있었다.

추적을 위한 방편으로 비슷하게 사용되는 천리향이 있었지만 효능 면에서는 차원이 다른 것이 만리혈향이었다.

죽은 지 사흘이 된 시체의 몸에서 피를 뽑아 녹용과 각종 재료를 혼합해 제조하는 만리혈향은 미량의 액을 대상자의 몸에 살짝 묻혀놓으면 이후엔 냄새도 흔적도 없어지나 추종신행을 익힌 자만은 그 향을 맡을 수 있고, 장장 삼 년여 동안이나 지워지지 않게 되는 절대적인 추적제였다.

"그럴 법도 하다. 풍천 너는 만리혈향을 제거할 방도를 알고 있느냐?"

"열양의 기운으로 태운다면 가능합니다. 단지 작은 문제가 있습니다."

"문제?"

"찰나에 불과하지만 고통을 겪게 되실 것입니다."

"찰나라면 문제랄 것도 없지."

"그렇습니다. 명백히 찰나적이니만큼 주군께서는 염려 놓으십시오."

"알겠다. 시전하도록 하라."

만리혈향을 묻힌 채로 삼 년을 보낼 순 없었다. 그건 삼 년 안에 언제든 기회가 닿는 대로 죽일 수 있다면 죽이라는 관용이나 다름없었다. 마교의 누구에게라도 그런 관용의 의사는 전달하고 싶지 않았다.

고통도 찰나적이라고 하니 대수로울 것이 없었다.

풍천이 말했다.

"가부좌를 틀고 앉아주십시오. 따로 운기하실 필요는 없습니다."

자리에 앉자 풍천이 천령개에 손을 올렸다.

"주군, 시전하겠습니다."

도유강은 대답 대신 지그시 눈을 감았다.

풍천의 손바닥이 선홍빛으로 물들었다.

그리고,

파지지직!

순간 도유강은 머리에 벼락이 꽂히는 줄 알았다.

"으아아아악!"

뇌전에 온몸이 불타는 것 같아 도유강은 있는 대로 비명을
내질렀다. 뼈와 살이 타고 피가 증발되는 느낌이었다. 그래도
한 번으로 끝나서 다행이었다.

‘두 번 하라면 못하겠군.’

그때였다.

파지지직!

뇌전이 다시 내리꽂혔다.

“으아아아악! 그만! 그만 해, 이 새끼야! 찰나라며!”

소금 통에 빠진 미꾸라지처럼 발작하는 도유강을 풍천이
가차없이 짓누르며 뇌전을 일으켰다.

“일각이면 됩니다, 주군!”

파지지직!

“크아아아악!”

파지지지직!

＊　　　＊　　　＊

“허허허.”

전광동자는 웃음밖에 나오지 않았다.

지금 그의 두 발 아래로는 남녀 두 구의 시체가 나란히 누
워 있었다. 남녀는 손까지 맞잡고 있었다.

시체의 옆 바닥에는 친절한 경고문이 적혀 있었다.

새겨들으라. 뒤쫓으려거든 보이지 않아야 한다. 눈에 띄면 죽
는다.

—풍.

글씨는 선이 또박또박했고, 일체의 흔들림이나 흘려 씀이
없었다. 내용조차 얼마나 간단명료한가.

이로써 이번 특명에 투입된 수하 중 절반이 죽었다.

흑심수, 음양쌍마, 스물한 명으로 구성된 암령대와 암령주!

그리고 바로 눈앞의 펑귀와 마희까지!

더 기가 막힌 것은 만리혈향이 깨끗하게 지워졌다는 사실
이다.

지금부터는 원시적으로 따라붙는 수밖에 없었다.

"허허허, 이해할 수가 없구나. 이해할 수 없어."

공허한 중얼거림이 잔잔히 퍼져 나갔다.

전광동자는 애초부터 이번 특명에 의문을 지니고 있었다.

그런데 지금은 잘못되었다는 확신이 들었다.

소교주를 척살하지 말라니!

대신 소교주에게 자유를 보장한다는 말 같지도 않은 의사
를 전달해야 한다니!

도대체 언제부터 마교가 이리도 자비로웠단 말인가.

전대 교주이신 아수라천마님에 대한 예우?

그런 예우란 건 듣도 보도 못했다.

아니면 풍천이란 놈이 무서워서?

이건 더더욱 말이 안 되는 일이었다. 그깟 놈 하나가 무엇이기에 이렇듯 우회하며 수하들을 희생시켜야 하는가?

풍천이 강하다는 것은 어느 정도 인정하는 대목이었지만 애초부터 풍천 제거가 목적이었다면 살을 내주고 뼈를 가르는 독수를 펼쳐 동귀어진이라도 이루어냈을 터다.

'꼴이 말이 아니로군.'

전광동자는 인상을 찡그리며 고개를 저었다.

개인의 뜻은 중요치 않았다. 의문도 필요가 없었다.

질문? 그런 것도 있을 수 없다.

한번 명령이 떨어진 이상 돌이킬 수 없다.

전광동자가 오른손을 치켜들었다.

등 뒤의 수하들이 동시에 외쳤다.

"복명!"

"다섯이 한 조로 움직인다! 은신에 각별히 주의를 기울이도록!"

第六章
부르셨습니까?

녹림총채로 향하는 길은 계속 이어졌다.

사흘이 지났지만 더 이상 마교 고수들은 코빼기도 보이지 않았다.

극한의 고통, 열양의 기운이 담긴 뇌전에 수차례 고생하여 만리혈향을 제거한 보람이 있었다. 하긴 아직까지 파지지직! 하는 소리가 귓가에 어른거릴 정도이니.

풍천은 가끔씩 마차를 세운 뒤 허락을 구하고 어디론가 사라졌다가 돌아오길 반복했다.

그때마다 손을 툭툭 털거나, '약해빠진 놈들'이라고 주절거리곤 했다.

그 광경이 수상해 물으면 돌아오는 대답은 '제가 요새 혼 잣말하는 실력이 많이 늘었습니다' 라거나, '주군, 바람 좀 쐬고 왔습니다' 라는 말 같지 않은 말만 할 뿐이었다.

한편, 손약란은 입을 닫고 있으면 죽어버리고 마는 병에 걸리기라도 한 듯 끝없이 재잘거리며 시비를 걸어왔다. 주로 질문이었고, 대다수가 쌍욕이 곁들어진 '네놈 정체가 뭐야? 라는 유의 것들이었다.

풍천이 외도하고, 손약란이 끝없이 시비를 걸어오는 나날!

그러나 정작 도유강의 마음은 풍천이나 손약란에 있지 않았다.

오직 한 가지 생각, 주설빈이란 이름으로 접근한 여인의 마지막 말이 온 머리를 가득 채우고 있었다.

그녀는 분명 척살조이나 그건 어디까지나 표면적이라고 했다.

"죽일 기회라면……."

이 말 다음에 나올 말은 너무도 뻔했다.

'죽일 기회라면 얼마든지 있었습니다' 이리라.

그녀의 말은 옳았다.

한백산 계곡에서 얼핏 본 것 같은 그림자!

객방의 창가에 서 있을 때 빗나간 화살!

마차 안 옆자리까지 근접!

생각해 보자.

한백산에서는 풍천이 휘파람을 불며 나타나기까지 지체되는 시간이 있었다.

객방의 창가에 서 있을 때 화살이 빗나갔다? 있을 수 없는 일이었다. 마교에서 활을 다루는 최정예 궁수가 표적을 빗맞힌다는 것은 만 번에 한 번 나올까 말까 했다.

또한 마차 안의 옆자리에서 여인이 살수를 쓰려고 했다면 전음을 발하는 동안, 또는 독단을 깨물고 죽을 시간에 무슨 짓이든 할 수 있었다.

의문에 의문을 따라가며 해답이 보일 듯 말 듯할 때였다.

"호호호, 무슨 생각을 그리 골똘히 하시나요?"

손약란이 다정하게 물었다.

그녀는 풍천에게 애원하다시피 빌어서 목은 제자리로 돌아온 상태였다.

도유강이 인상을 썼다.

귀신 같으니라고. 중요한 순간을 정확한 시점에 훼방을 놓고 있었다.

"에구, 우리 예쁜 새끼! 어떤 놈이 목을 따러 올까 봐 무서워서 그러는구나? 에구, 불쌍하기도 하지. 이리 온. 엄마가 젖 좀 줄게. 어서 이리 와서 쭉쭉 들이켜라."

"닥쳐라."

“부끄러워할 필요 없어. 엄마의 따뜻한 품에 안기렴. 어이구, 내 새끼. 승질을 내도 어쩜 이렇게 귀여울까나.”

“손약란, 넌 머리에 겁이나 걱정이란 단어가 없는 것이냐? 아니면 머리는 달려 있지 않으면 병신 소리를 들을까 봐 장식으로 삼고 있는 것이냐? 지금 네 꼴을 보란 말이다!”

“내 꼴이 어때서요?”

손약란이 어리둥절한 표정을 지었다.

“이봐, 넌 강제로 끌려가고 있어. 생전 처음 본 남자들에게 잡혀 있다고!”

“말은 똑바로 해. 남자지 남자들은 아니잖아.”

“요점은 네가 왜 어떤 근심도 하지 않을 수 있냐는 거다.”

“이 새끼가 보자 보자 하니까 말을 막하시네요. 야, 이 씨발 놈아, 내가 근심을 왜 해야 하는데? 내가 징징 울면서 살려 달라고 애걸복걸이라도 하길 바라는 거냐요? 앙? 근심한다고 뭐가 달라지는데? 호호호, 아주 재밌네. 재밌어. 내가 울고불고 칭얼대면 어깨라도 감싸주고 싶은 거야? 그런 거야?”

손약란이 목에 핏대를 세웠다.

“그 정도까진 아니다.”

“그럼 뭐냐! 날 인질로 삼아 아버지를 협박해서 녹림총채를 꿀꺽하겠다는 놈에게 내가 생각없는 년이라는 말을 들어야 한단 말이냐!”

‘아버지?

순간 도유강은 멍해져 버렸다.

손약란이 녹림총표파자, 일명 녹림왕의 딸이었다니.

비로소 도유강은 풍천이 손약란을 동행시킨 이유를 알 것 같았다.

그저 심심풀이 술안주 정도로 곁에 두거나, 그야말로 장식품 삼아 데리고 가는 것이라고 생각했다.

산채를 떠나면서도 몇 번이고 호통을 칠 때마다 풍천은 '영웅호색입니다' 라고만 대답했는데, 이놈이 알고 보니 행동 하나하나가 의미없는 것이 없었다.

분명 최근 휙 사라졌다가 휙 나타나는 일련의 행동도 큰 의미를 지닌 것이란 생각이 들었다.

도유강은 당장 대답할 말이 없어 그저 침묵만 지켰다.

그동안 손약란이 정신없이 떠들어댄 것도 불안한 마음을 떨쳐 내려는 의도였구나 싶었다.

그녀의 실제 처지를 알게 되자, 더 이상 그녀를 대책없다고 탓할 수가 없었다. 그녀로서는 할 수 있는 것이 아무것도 없는 것이다.

도유강은 팔짱을 끼고 눈을 감아버렸다.

손약란도 더 이상 말이 없었다.

격한 숨소리만이 그녀가 머리끝까지 화가 났다는 것을 알려주고 있었다.

마차는 영원히 멈추지 않을 기세로 내달렸다.

왠지 어색해져 도유강은 마차의 쪽문을 열었다.

어느덧 석양이 지고 있었다.

[이봐, 내가 말이 심했다.]

도유강이 전음으로 말했다.

손약란은 대꾸하지 않았다. 그저 입을 나팔꽃처럼 내밀고 고개를 휙 돌려 버렸다.

[휴우, 좋아. 미안해. 사과할게.]

도유강이 좀 더 명확히 의사를 전달했다.

그제야 손약란이 돌아봤다.

[흥, 우리 주군님께서 왜 느닷없이 전음일까나.]

느물느물 비꼬는 투였다.

[널 위해서다. 나는 함부로 사과할 수 없는 사람이거든.]

[후후, 그럼요. 그렇겠지요. 주군이신데 어련하시겠어요.]

[휴! 됐다, 됐어.]

[좋아, 그럼 이야기해 봐.]

선심 베풀 듯 손약란이 말했다.

도유강이 멀뚱하니 쳐다봤다.

[주군이란 자의 고민이 무엇인지 이 뛰어난 두뇌를 지닌 선녀님께서 한번 들어드리지.]

[고민 같은 건 없다.]

[아하, 그러시군요. 이 새끼야, 그러면 얼굴에 '저 고민이 산더미처럼 많아요' 라는 표정 같은 건 떠올리지 말아야지.]

[다른 사람 때문이다.]

[다른 사람 누군데요?]

[친한 친구! 그런데 내가 무슨 말을 해줘야 할지 모르겠거든.]

[그래, 알았어. 네놈의 고민이 아니야. 나도 그 친구가 슬슬 걱정되기 시작하는군. 그래서 무슨 일이야?]

[그게 뭐냐면… 녀석의 가문이 꽤 대단한 곳이다.]

[얼마만큼?]

[말로 할 수 없을 만큼.]

[좋아, 그렇다 치고.]

[그런데 후계자가 되기 직전에 숙부가 반란을 일으켰어.]

[정확히 숙부가 맞아?]

[그건 중요하지 않아.]

[네네, 그러시겠죠.]

[친구는 심복의 도움으로 가까스로 탈출에 성공했지. 근데 도주 중에 이상한 일이 벌어진 거야. 반란 세력이 친구를 죽일 기회가 있었는데도 죽이지 않은 거지. 대신 무슨 말인가를 전하려고 안달이 났다고나 할까.]

[그 친구라는 작자는 어때? 가문을 되찾고 싶은 마음이 굴뚝같겠는데 말씀이야.]

도유강이 고개를 가로저었다.

[그렇지도 않아. 친구는 평범하게 살길 바라고 있어. 안전

만 보장된다면 가문의 문주는 누가 되든 상관 않겠다더군.]

　[그 가문의 전통은 어때?]

　[전통?]

　[그래, 전통. 이 미련한 새끼님아, 체질적으로 잔가시를 뿌리째 뽑아버리는지, 아니면 한두 놈 목숨쯤은 재량껏 그냥 덮어두기도 하는 그런 곳이냔 말이야.]

　고민할 것도 없었다.

　[뿌리째 뽑아버리는 곳이지.]

　[그런데도 죽이지 않았다?]

　[그렇지.]

　[흐음, 괴상한 놈들일세.]

　손약란이 턱을 문지르며 눈을 가늘게 떴다.

　도유강도 속으로 '괴상한 놈들이지' 라고 중얼거렸다.

　손약란이 바로 전음을 날렸다.

　[음냐, 이 뛰어난 두뇌로 판단해 볼 땐 말씀이야, 아마도 죽은 듯 산다면 건드리지 않겠다는 뜻 같은걸. 숙부가 역모를 꾸몄다면 혈육의 정이 발동한 것일 수도 있겠군. 하지만 가문에는 공식적으로 죽은 것으로 하겠다는 뜻 정도랄까.]

　도유강은 천천히 고개를 끄덕였다.

　피 한 방울 섞이지 않은 소면마군과 혈육의 정 운운은 말도 안 되는 소리였지만 아버지에 대한 공경의 표시가 아닐까 하는 생각이 들었다.

손약란의 의견은 그동안 생각해 왔던 것과 흡사했고, 그래서 마음의 다짐을 굳히는 데 큰 도움이 되었다. 마교의 뜻이 그러하다면 이젠 자신이 움직여야 할 때였다.

[자, 그래서 네놈의 가문이란 곳이 어딘지나 들어보자.]

손약란이 장난꾸러기 같은 미소로 물었다.

도유강이 눈썹을 곤추세웠다.

[내 이야기 아니라고 했을 텐데.]

[흥, 애송이.]

더 물어도 대답하지 않을 것을 눈치챘는지 손약란은 더 이상 채근하지 않았다. 대신 콧노래를 흥얼거리기 시작했다.

도유강은 소맷자락 속에서 혼강을 빙글빙글 돌렸다.

손을 내리고 살짝 비틀자, 순간 손아귀에 혼강이 나타났다.

혼강이란 이름의 이 비수는 쇠를 두부처럼 가를 수 있는 보검이었다.

그리고 이제 혼강은 쇠나 돌이 아닌 풍천을 공격해야 했다.

자유를 위해.

원하는 삶을 위해.

혼강을 꼭 움켜쥐고 도유강은 속으로 중얼거렸다.

'미안하다, 풍천. 나는 나의 길을 가겠다.'

＊　　　＊　　　＊

열한두 살 정도의 어린아이가 다섯 구의 시체 앞에서 부르르 몸을 떨었다.

"망할 개 잡종새끼!"

욕을 내뱉었지만 화를 참을 수 없는 모양이었다.

어린아이가 주먹으로 나무를 후려갈겼다.

우지끈!

주먹이 스쳐 간 것만으로 나무가 연달아 쓰러졌다.

그래도 화가 풀리지 않는지 아이는 연달아 다섯 그루를 부러뜨리고 발로 땅을 걷어차기도 했다.

어린아이 곁에는 큰 키에 호리호리한 중년사내가 서 있었다. 그는 마치 죽을죄라도 지은 것처럼 아무 말도 못하고 공손히 두 손을 모으고 있었다.

어린아이, 아니, 전광동자가 허공을 향해 욕설을 마구 퍼부었다.

"으아악! 내 이 새끼를 반드시 죽여 버릴 테다!"

초기 작전에 실패하고, 만리혈향까지 지워진 뒤의 피해는 그야말로 순식간이었다. 다섯 명씩 한 조를 이루어 추적하게 했거늘 하나둘 싸늘한 시체가 되더니 지금 그의 곁에는 오직 한 명의 수하만 남은 상태였다.

전광동자는 품에서 옥병을 꺼내 들었다.

그는 소매를 걷어 올리고, 옥병째로 팔뚝에 대고 꾹 눌렀다. 다시 손을 떼자, 팔뚝의 한 부위에 붉은 액체가 동그랗게 남았다. 그러나 신기하게도 붉은 액체는 빠르게 증발되어 어느샌가 언제 붉은 액체가 묻어 있었나 싶게 사라져 버렸다.

중년무사는 그저 묵묵히 전광동자가 만리혈향을 찍는 모습을 지켜보기만 했다.

"혈표!"

전광동자가 짧게 불렀다. 어린아이처럼 혀 짧은 소리가 나갔지만 그 말의 위엄은 남달랐다.

"하명하십시오."

혈표가 머리를 숙였다.

"소교주가 녹림총단으로 향하고 있다는 것과 지금까지의 상황을 섬서 분타로 가서 전매로 대산에 보고하라. 특신을 찍는 것을 잊지 말라. 교주님께 바로 보고가 올라가도록 해야 한다."

"존명!"

"나는 홀로 소교주의 뒤를 따를 것이다. 내 몸에 만리혈향을 남겼으니 내가 있는 곳이 소교주가 위치하는 곳이 될 것이다. 그 사실도 기재하여 지원 병력이 혼선을 일으키지 않도록 하라. 너는 보고를 마치고 본 교로 돌아가도 좋다."

"속하… 그 말씀은……."

"토를 달지 말라. 기회가 된다면 나 전광동자는 풍천과 함께 저승행에 오를 것이다."

"명을 받듭니다."

혈표가 신형을 날려 사라졌다.

전광동자도 반대편으로 신형을 날렸다.

*   *   *

결심을 굳힌 지 하루 만에 기회는 찾아왔다.

산서를 눈앞에 두고 풍천은 합양에 이르러 객점으로 들어섰다.

"주군, 꽤 근사한 곳 같습니다."

"그래 보이는구나."

도유강도 동감이었다.

총 삼 층으로 이루어진 객점은 화려한 건축 양식을 유감없이 드러내고 있었다.

객점 지붕의 기와는 특이하게도 붉은 칠이 되어 있었는데, 그 붉음이 묘하게 식욕을 불러일으켰다.

그러나 곧 도유강은 고개를 가로저었다.

식욕에 심취할 때가 아니었다. 반드시 이루어야 할 일생일대의 중요한 과업에 온 정신을 쏟아야 했다.

점소이의 안내로 이층에 오르니 동일하게 검은 무복을 걸친 무사들이 창가 쪽으로 다섯 개의 탁자를 차지하고 있었다.

그들의 가슴 부위에는 호(虎) 자가 하얗게 수놓아져 유독 도드라져 보였다.

한 사람 한 사람 눈빛이 날카롭고, 태양혈이 불쑥 솟아 있는 것이 무공 수준도 가볍지 않음을 짐작할 수 있었다.

도유강이 점소이게 속삭이듯 물었다.

"저들은 어디의 무사들이지?"

점소이가 보일 듯 말 듯 미소를 짓고 마찬가지로 속삭이듯 말했다.

"호운방입니다. 인근에 위명이 자자하지요. 하나같이 무공이 뛰어나답니다. 그렇다고 걱정하실 필요는 없습니다. 먼저 시비를 걸지 않는 한 이유없이 괴롭히는 자들은 아니니까요."

점소이는 도유강이 겁을 먹었다고 생각한 듯 어깨를 으쓱하고는 미소를 더 짙게 머금었다.

도유강은 점소이가 무슨 생각을 하는지 알 수 있었지만 굳이 헛된 상상을 방해하지 않았다.

중앙 탁자 부근에 손약란이 먼저 자리를 잡고 앉았다.

손약란은 함박웃음을 지었다.

"야, 이게 얼마 만이야. 좋구나, 좋아. 풍천, 네년이 드디어 철이 들었구나."

도유강은 실소를 머금었다.

손약란이 생각은 하고 산다는 건 이제 알게 되었지만 그걸 감안해도 그녀는 이상할 정도로 겁이 없는 것은 여전히 불가사의했다. 어릴 적에 바위에라도 부딪쳐 머리를 다친 것이 아닌가 싶을 정도였다.

풍천은 손약란의 모가지를 돌리는 대신 호운방 무리를 훑어보고 있었다.

"풍천, 내 옆으로 앉아라."

"주군, 영광입니다."

잠시 후 주문한 음식이 나왔다.

손약란이 잽싸게 옆 탁자의 음식과 비교하느라 눈알을 분주히 움직였다. 풍천이 손약란의 표정을 세심히 살피는 것이 여차하면 손쓸 준비를 하는 것 같았다.

그러나 손약란은 차이를 발견하지 못했고, 곧 만족스러운 표정을 짓더니 게걸스럽게 먹어대기 시작했다.

풍천도 천천히 젓가락을 움직였다.

여러 음식이 탁자 위에 놓여 있었지만 그중 화돈채를 먹을 때면 눈까지 지그시 감고 맛을 음미했다.

그런 풍천을 보며 도유강은 속으로 중얼거렸다.

'미안하다… 풍천.'

지나친 방법이긴 했지만 다른 수가 없었다.

민물새우로 맛을 낸 국물을 뜨면서 도유강은 소맷자락 속에서 맴돌고 있는 혼강의 위치를 파악했다.

혼강은 풍천의 살을 가르고 피를 볼 준비가 되어 있었다.

도유강도 마음의 준비를 끝냈다.

일이 벌어지면 한동안 풍천은 이해를 못할 것이리라. 그러나 훗날 과거를 돌아볼 정도의 여유가 생길 때쯤이면 자신의 결정을 고맙게 생각할 것이리라. 풍천 또한 자유를 누릴 권한은 있었다.

'너는 강하니 얼마 지나지 않아 상처를 회복할 거다.'

지금 이 순간 도유강은 무엇이 가장 큰 적인지 잘 알고 있었다.

그건 바로 망설임이었다.

도유강은 숨을 크게 들이켜고 풍천의 옆구리를 쳐다봤다. 풍천의 실력을 감안할 때 두 번의 기회는 오지 않을 것이다.

단번에!

가차없이!

풍천의 옆구리에 혼강을 쑤셔 박아 넣어야 한다.

도유강은 이미 그다음 상황도 염두에 두고 있었다. 다름 아닌 호운방 무사들을 이용하는 것이었다.

'나는 금괴가 필요없다' 라고 크게 외친다면 호운방은 풍천에게 금괴가 있는 것으로 오인하고 알아서 덮칠 것이리라. 강호인으로서 금덩어리에 눈이 뒤집히지 않는 자는 없을 테니까.

풍천은 부상을 입은 상태로 호운방 무리와 힘겹게 맞서게 될 것이고, 그 뒤 순식간에 창문으로 뛰어내려 내달리면 끝이었다.

풍천이 화돈채를 머금고 만족스럽다는 듯 눈을 감고 맛을 음미했다.

'지금이다.'

도유강이 소매 속의 혼강을 내려 손에 쥐었다.

내력을 실어 있는 힘껏 옆구리에 박아 넣었다.

쑤욱!

…이어야 했다.

그러나,

퉁!

혼강의 끝자락을 타고 쇳덩이에 부딪친 촉감이 전해졌다.

'바, 박히지 않아.'

난리 났다.

'쇠를 가르는 혼강인데?' 라는 생각은 떠오르는 순간 날아가 버렸다. 도유강은 혼강을 풍천의 옆구리에 댄 채로 얼음이 되었다. 이미 얼굴은 새하얗게 질려 버렸다.

막 음식을 입으로 넣으려던 손약란도 일시 정지 상태로 멍하니 입을 벌린 채로 얼어붙었다. 그녀의 시선도 혼강과 풍천의 옆구리에 고정되어 있었다.

풍천이 천천히 고개를 돌렸다.

도유강과 눈이 마주쳤다.

도유강은 입술이 바짝 타고 피가 모조리 빠져나가는 것 같았다. 시간이 멈추고, 모든 세상이 정지된 것 같았다.

풍천이 입을 열었다.

“주군, 부르셨습니까?”

‘불러? 내가?’

도유강은 입술만 달싹였다.

풍천이 다시 말했다.

“주군, 명하실 일이라도…….”

도유강은 비로소 상황을 파악했다.

“그래, 내가 불렀다. 난, 난, 난 기분이 별로 좋지 않다.”

“무슨 일 때문입니까?”

“식사나 해라.”

“혼강으로 소인을 부르실 정도면 매우 중요한 일이 아니셨
는지요?”

“일단 참아보기로 했다.”

“명을 따르겠습니다.”

손약란이 도유강을 쳐다보다가 풍천을 바라봤다.

‘너희 두 놈, 지금 뭐 하나?’ 정도의 물음이 담긴 얼굴이었
다.

풍천이 화돈채를 가리키며 말했다.

“주군, 맛이 훌륭합니다. 드셔보시지요.”

“어허허, 그래. 맛을 좀 보도록 하지.”

도유강은 얼른 혼강을 갈무리하고 젓가락을 뻗었다.

덜덜덜.

젓가락을 든 오른손이 미친 듯이 떨려 쥐고 있는 것조차 힘

들었다. 사실 떨리는 건 오른손만이 아니었다. 온몸이 떨렸지만 오른손을 마침 뻗자 티가 난 것뿐이었다.

손약란이 오물거리던 입을 딱 멈추고 바라봤고, 풍천도 살짝 고개를 갸우뚱했다.

도유강이 멋쩍게 웃었다.

"아하하! 손이 왜 이러지? 주화입마인가? 하하!"

도유강은 황급히 왼손을 뻗어 오른손을 붙들고 간신히 화돈채를 집어 들었다.

"마, 맛이 좋구나."

"주군, 무슨 일이 있으신 겁니까?"

풍천이 진중한 음성으로 물었다.

도유강이 아랫입술을 깨물었다.

"괜찮지 않다. 난 이제 더 이상 참을 수 없다."

한순간 자리를 박차고 일어났다. 도유강은 분노를 거침없이 뿜어냈다.

"풍천, 용서할 수 없다. 감히 내 앞에서 검을 차고 있다니. 저놈들에게 예의를 가르쳐야겠다."

풍천이 진중히 고개를 끄덕이며 몸을 일으켰다.

"주군, 그러셨군요. 혼강까지 꺼내실 정도면 얼마나 기분이 나쁘셨을지 짐작이 갑니다."

한순간에 객점 분위기가 살벌해졌다.

지목당한 호운방 무사들이 얼굴을 굳히고 일어섰고, 점소이가 일층에서 뛰어올라 왔다가 그대로 굳어버렸다. 이층에서 식사 중이던 이들은 점소이를 밀치고 분분히 아래층으로 내려갔다.

이십여 명의 호운방 무사들은 천천히 움직여 부채꼴로 일행을 감쌌다.

"우리보고 하는 소리였나?"

"애송이가 말을 참 쉽게 하는군."

"하룻강아지 범 무서운 줄 모른다더니. 쯧쯧쯧."

풍천이 도유강 앞을 가로막고 섰다.

"주군, 잠시 내려가 계십시오. 바로 처리하겠습니다."

그사이에도 식사에 여념이 없던 손약란은 탁자째 들고 구석자리로 이동했다.

"풍천님, 난 여기 있을 테니 피만 튀기지 말아줘."

도유강은 호운방을 향해 삿대질을 했다.

"풍천, 놈들을 생포하라! 단 한 명도 도망치게 해선 안 된다! 세 치 혀로 장담할 만큼 호운방이 호랑이처럼 용맹한지 보겠다! 모두들 무릎 꿇고 살려달라고 빌 때까지 훈계한 뒤 날 부르도록! 단 한 놈이라도 버티며 의기를 보이는 자가 있다면 그땐 널 용서치 않을 것이다!"

애꿎게 말려든 호운방을 그나마 살리기 위함과 동시에 넉넉히 시간을 벌고자 함이었다.

"명을 받듭니다."

풍천이 깎듯이 대답했다.

호운방 무사들은 코웃음을 터뜨리며 병장기를 꺼내 들었다.

"우리를 훈계하겠다? 피를 본 뒤에도 그런 말이 나오는지 보겠다."

그사이 도유강은 유유히 일층으로 내려갔다.

계단을 절반도 내려가지 않아 툭탁거리는 소리와 함께 비명 소리가 들려왔다.

풍천이 그들을 제압하는 건 어려운 일이 아닐 것이다. 하지만 잘못 본 것이 아니라면 호운방 무사들의 눈빛은 죽을지언정 목숨을 구걸할 자들이 아니었다. 그들의 빛나는 의기를 꺾으려면 몇 시진, 아니, 몇 날 며칠이 걸릴지도 모르는 일이었다.

그 정도면 풍천에게서 벗어나기에 충분했다.

도유강은 계단을 훌쩍 뛰어내리고는 경공을 펼쳐 객점을 벗어나 미친 듯이 내달렸다.

'호운방이여! 성투하라!'

"헉헉헉!"

숨이 턱까지 차올랐다.

애쓴 만큼 성과는 있었다. 순식간에 합양 외곽에 이른 것이다.

풍천은 이제 호운방 무사들을 모조리 제압하고 고문을 시작했을 것이다. 도유강은 지금까지 살면서 이렇게 전력을 다해 달려본 적이 없었다. 그래도 이 정도에서 쉴 여유 따윈 없었다. 내력이 모조리 소진될 때까지 미친 듯이 달려야 했다.

객점에서 풍천에게 내린 명령은 자신이 생각해도 임기응변치곤 매우 훌륭했다.

"좋아, 대단해. 도유강 넌 할 수 있어."

그때였다.

"진정 대단하십니다."

귓전에 생생히 울리는 목소리. 풍천이었다.

도유강은 소스라치게 놀라서는 그만 발이 엉켜 몸이 앞으로 고꾸라졌다.

그 찰나 뒷덜미가 잡혔다.

숨을 헐떡이며 도유강이 돌아봤다.

"난… 난… 그러니까……."

도유강은 말을 잇지 못했다.

혼강으로 찌르고, 이젠 미친 듯이 도주하고 있다. 어떤 변명도 떠오르지 않았다. '풍천은, 풍천은 날 반드시 어떻게 해 버릴 거야' 하는 생각만 들었다.

그때 풍천이 부축해 몸을 일으키며 말했다.

"주군, 경공 연습을 하고 계셨군요."

도유강은 환하게 웃음을 머금었다. 지옥에 황금 밧줄이 내려진 기분이었다.

"그래, 네가 척 보고 바로 알아보는구나. 경공을 펼친 지 오래되었기 때문이다."

"정녕 훌륭하십니다."

풍천이 만족스럽게 고개를 끄덕였다.

그러나 도유강은 바로 인상을 찡그렸다.

"너는 왜 내 명을 어기고 이곳에 있는 것이냐?"

"그들은 주군께 용서를 구하고 싶어 안달이 난 상태입니다. 그래서 속하도 주군께 그 사실을 알려드리려 안달이 났습니다. 어서 가시죠, 주군."

"뭐? 아, 하하하하! 그렇군. 그래, 좋다. 어서 돌아가자."

도유강은 풍천의 어깨를 두드려 주었다.

객점으로 돌아와 보니 일층엔 손님이 한 명도 없었다. 주인장과 점소이마저도 어디로 달아났는지 코빼기도 보이지 않았다.

이층으로 올라가자 손약란이 의자로 호운방 무사 하나의 머리를 막 찍으려 하고 있었다.

"어? 주군아! 어딜 다녀오신 거예요?"

그 말에 무릎을 꿇고 있던 호운방 무리들이 거의 가슴이 바닥에 닿을 듯 엎드렸다.

그들이 한목소리로 외쳤다.

"천천세! 만만세! 저희의 무례함을 벌하여 주십시오."

도유강은 억장이 무너지는 것 같았다.

겨우 이 정도였단 말인가! 구름 위의 호랑이란 이름까지 멋 들어지게 지어놓고는 이렇게 의기도 패기도 없는 놈들이었단 말인가!

그사이 연습이라도 했는지 목소리까지 딱딱 맞아떨어졌다. 음성만으로는 마교의 수하라고 해도 믿을 수 있을 것 같았다.

도유강은 끓어오르는 분노를 참을 수 없었다.

믿었었다!

충분히 시간을 벌어줄 것이라고!

그런데 고작 천천세, 만만세란 말인가!

"이야야야야~! 결코 용서할 수 없다! 다 죽여 버릴 테다!"

도유강이 신형을 날려 엎드린 호운방 무사들의 머리를 가차없이 발로 갈겼다.

터져 나오는 비명 속에서 풍천이 흐뭇한 미소를 지으며 낮게 박수를 쳤다.

"주군, 정녕 훌륭하십니다."

第七章

손약란의 희생

전전
긍긍
마교교주

도유강의 얼굴엔 짙은 어둠이 감돌았다.

질주하는 마차 속에서 도유강이 앉은 자리만 어둡게 보일
지경이었다.

풍천은 보검도 박히지 않았고, 사람을 굴복시키는 데도 도
통한 놈이었다. 영원히 놈의 손아귀에서 벗어날 수 없을 것
같았다. 아니, 이건 추측이 아니었다. 가혹한 현실이었다.

더 이상 마교가 문제가 아니라는 것도 밝혀졌다. 도유강의
인생에 있어 최대의 적은 바로 풍천이었다.

[주군아.]

손약란이 전음으로 불렀다.

그녀는 언제부터인가 풍천의 말투를 비틀어서 따라 하고 있었다.

도유강은 고개를 숙인 채로 대답하지 않았다.

[주군아, 묻고 싶은 것이 있거든요? 어헐, 사내자식이 왜 그 모양이야? 이봐, 너 정말 떠나고 싶어? 훨훨 새처럼 자유롭고 싶냐고?]

도유강이 고개를 들었다.

[호호, 바로 효과가 나오네. 주군아, 내가 도와줄까?]

[네가 무슨 수로?]

[다 방법이 있지. 이 누님만 믿어봐. 하지만 말씀이야.]

[하지만?]

[이번엔 제대로 도망쳐. 알았지?]

도유강이 고개를 끄덕였다.

두 눈에 비장한 각오가 떠올랐다.

[주군아, 그런데 궁금한 게 있는데… 그때 정말 풍천을 죽일 참이었냐?]

[물론 아니지. 사혈을 노린 것이 아니었다. 하지만 칼이 안 박힌다.]

[네 칼이 형편없는 건 아니고?]

도유강이 혼강을 끌어내려 손에 쥐고 옆자리 목조 받침에 슬머시 갖다 댔다. 별로 힘을 준 것 같지도 않은데 칼이 쑥 들어갔다.

손약란의 눈이 동그래졌다.

[풍천 이 새끼, 정말 금강불괴인 건가?]

[그런 모양이다.]

[하여튼 대단한 놈이네요. 그런 수하를 둔 주군도 대단하고 말씀이야.]

[계획이 뭐냐?]

[호호호, 그게 말이지.]

손약란이 눈을 가늘게 뜨고 사악한 미소를 지었다.

한 손을 품에 넣었다가 빼더니 손을 폈다.

그녀의 손 위엔 새끼손톱만 한 자줏빛 환약이 놓여 있었다.

[그게 뭐지?]

도유강이 눈을 반짝거리며 물었다.

[장난감이지.]

[장난감?]

[형씨, 혹시 질풍광자 기억하쇼? 그 눈 하나밖에 없는 놈 말이야.]

도유강이 고개를 끄덕였다.

[녀석이 약재를 배합하는 실력이 꽤 괜찮거든. 춘약도 심심찮게 만들어낼 정도지. 언젠가 한 번은 그걸 먹고 이틀 밤 허벅지를 꼬집느라 미쳐 버리는 줄 알았을 정도야.]

곧바로 실망감이 피어났다.

[춘약을 쓰겠다는 것이냐?]

[아니, 아니. 말을 끝까지 들어보셔요. 이 환약은 먹는 순간 위장을 뒤집어놓지.]

[위장이 어떻게 된다고?]

[호호, 복용 후 일각만 지나면 바로…….]

[바로?]

[차르르르… 정신없이 싸지르게 되지.]

[나보고 그걸 복용하라는 것이냐?]

[주군아, 아니, 아니야. 이 누님께서 복용하시겠다는 거지. 귀여운 네놈을 위해서 말씀이야. 족히 반 시진은 시간을 벌 수 있을 게야. 호호호!]

순간 도유강은 가슴이 뭉클해졌다.

그녀를 안 지는 얼마 되지 않았고, 입을 열 때마다 쌍욕을 정신없이 토해내기에 바빴지만 그녀가 자신을 위해서 희생하려 하고 있었다.

[네게 너무 미안해지는군.]

[주군아, 그렇게 미안한 표정 지을 필요 없어. 내게도 생각이 있으니까. 네놈이 없어진 걸 알면 풍천이 네 뒤를 뒤쫓을 것이고, 나는 나대로 도망칠 거야.]

[일석이조군.]

[그렇지. 호호호… 풍천 이 불쌍한 새끼, 어쩌냐?]

[호호호.]

도유강도 따라 웃었다.

[내가 밖에서 일을 볼 때 주군께선 풍천에게 명을 내려야 할 거야. 야이 씨발 놈아, 정신 똑바로 안 차리냐?]

[아, 미안하다.]

잠시 눈길을 돌렸던 도유강이 다시 시선을 마주쳤다.

[헛짓하지 말고 잘 들어. 상황이 벌어지면 풍천에게 내 곁에서 지키라고 해. 용변을 본다는 핑계로 도망치지 못하게 근처에서 감시하라고 말이야. 난 되도록 마차에서 멀리 떨어진 곳에서 해결할 테니 그때 도망치면 되는 게지. 알겠어?]

[좋군. 다시 한 번 고맙다.]

[새끼, 좋은 건 또 알아가지고. 나중에 인연이 돼서 재회하게 되면 술 한잔 사라. 같이 자주면 더 좋고. 크크……]

손약란이 망설임없이 환약을 삼켰다.

도유강이 눈을 부릅떴다.

여자가 맞나 싶을 정도로 엉터리 말이었지만 그녀의 결단력 앞에 도유강은 형용하기 힘든 감동을 받았다.

반 각 정도 지났을까.

손약란의 얼굴이 노랗게 변했다.

그녀는 곧이어 복부를 움켜쥐고 고함을 내질렀다.

"꺄아악! 배가, 배가 아파! 마차를 세워줘! 풍천님, 마차를 세워주세요! 속이 뒤집힌다고요!"

도유강은 마음의 준비를 했다.

손약란의 처절한 비명은 계속 이어졌다.

“풍천님, 소녀 배가 찢어질 듯 아픕니다. 제발 마차를 세워 주세요.”

풍천이 마차를 세웠다.

도유강과 손약란은 서로를 바라보며 살짝 고개를 끄덕였다. 동지의 연대감은 짧지만 강하게 흘렀다.

그 순간이었다.

마차가 다시 출발했다.

도유강과 손약란은 동시에 얼어버렸다.

손약란이 노란 얼굴로 욕설을 내질렀다.

“풍천, 이 씨발 새끼야! 마차를 세워! 세우라고! 장난 아니야! 나 지금 심각해!”

“헛소리!”

풍천의 냉혹한 음성이 도유강과 손약란의 귀청에 천둥처럼 울렸다.

손약란은 이제 배를 움켜잡고 바닥을 구르기 시작했다. 이를 악물고 어떻게든 참아보려는 모습이었다. 이마엔 땀이 송골송골 맺혀 있었고, 욕도 더 이상 내뱉지 못했다.

입만 뻥긋해도 무슨 일이 벌어질지 그녀는 너무도 잘 알고 있었다. 도유강도 앞으로 펼쳐질 광경에 눈앞이 캄캄했다. 도망이 문제가 아니었다.

다급해진 도유강이 고함을 내질렀다.

“풍천, 무슨 짓이냐! 당장 마차를 세워라!”

"주군, 요녀의 못된 수작입니다! 현혹되시면 안 됩니다!"

"이 새끼야, 그런 게 아니라니까! 당장 세우지 못해! 이건 명령이다!"

손약란은 말만 할 수 없을 뿐 귀는 멀쩡했다.

그녀는 도저히 이 현실을 믿을 수 없다는 듯 눈알을 부라렸다. 흰자위에 핏줄이 줄기줄기 뻗어 나왔다.

도유강은 몇 번이고 미친놈처럼 소리를 질렀지만 풍천은 그걸 더욱더 속력을 내라는 뜻으로 받아들인 듯 더 세차게 마차를 몰았다.

도유강은 더 이상 명령도 소용이 없자 망연자실해서 주저앉아 버렸다.

손약란이 바닥을 짚고 엎드린 채 이를 악물고 도유강을 바라봤다.

두 사람의 시선이 마주쳤다.

손약란은 울음을 터뜨렸다. 소리는 내지 않았지만 얼굴 가득 서러움과 비참함이 범벅되어 하염없이 눈물을 흘려냈다.

도유강은 연민에 찬 눈으로 그런 손약란을 바라봤다.

구해달라고, 이 참혹함에서 날 버리지 말라고 손약란의 두 눈은 말하고 있었다.

도유강이 고개를 가로저었다.

해줄 수 있는 것이 아무것도 없었다.

손약란이 악문 이를 벌려 소리쳤다.

"이 개 같은 새끼들이 날… 으아아악! 안 돼~!"

파다다다닥!

말발굽 소리와는 확연히 구분되는 소리가 마차 안에 울려 퍼졌다. 결코 향긋함과는 거리가 먼 냄새도 곧바로 위력을 발휘했다.

휘이이이잉!

말 울음소리와 함께 마차가 급정지했다.

풍천이 순식간에 마차 문을 열고 도유강을 낚아채서는 그대로 멀리 도약했다. 단 한 번의 솟구침으로 거의 십여 장 밖에 이르렀다.

마차 쪽에서는 경쾌한 박자가 끊임없이 이어졌다.

그 사이사이 손약란의 처절한 울부짖음도 섞여 나왔다.

"씨발 새끼들아! 으아아악! 전생에 나와 무슨 원한이 있었다고! 꺄아악! 차라리 날 죽여라, 죽여~! 으아아악~! 사람 살려!"

도유강은 차마 더 이상 마차 쪽을 바라볼 수 없어 고개를 돌리고 말았다.

풍천이 나직이 말했다.

"주군, 죄송합니다. 설마 진짜로 싸버릴 줄은 몰랐습니다."

"너는 말끝마다 주군이라고 하면서도 내 명령을 따르지 않았다. 응당 처벌을 받아 마땅하다."

도유강의 두 눈에 독기가 서렸다.

손약란은 계속해서 울부짖으며 맹렬히 작업 중이었다.

"주군, 지존의 길은 냉혹해야만 합니다. 한낱 인질 따위를 불쌍히 여길 필요는 없습니다."

풍천이 지존의 길을 특별히 강조했다.

"네놈이 말하는 그 지존의 길에는 지존이 더러운 냄새를 맡아도 아무렇지도 않다는 것이렷다!"

"죄, 죄송합니다. 소인이 생각이 짧았습니다."

풍천이 근처 나무를 머리로 들이받으며 산천초목을 엉망진창으로 만들기 시작했다.

쿵쿵쿵!

그 소리에 손약란이 운율을 맞췄다.

"씨발, 씨발 으아아악! 나 죽어~!"

나무가 연달아 쓰러지는 소리와 손약란의 괴성이 한데 어우러졌다.

쓰던 마차는 버려야 했다.

새 마차로 갈아타 손약란의 흔적은 어디에도 없었다.

하지만 그녀의 마음속에 남겨진 흔적은 도저히 어떤 방법으로도 지울 수 없을 것 같았다.

손약란은 하루를 꼬박 그늘진 얼굴로 보냈다.

앞으로도 그녀의 얼굴에서 미소를 찾아보기는 어려우리라.

여인의 몸으로, 그것도 빼어난 미모를 지니고 있기에 더욱 더 큰 자괴감에 시달릴 터였다.

도유강은 그녀의 마음을 헤아려 말을 붙이지 않았다. 솔직히 그녀가 자결하지 않은 것만도 다행이었으니까.

[다시 해.]

잘못 들었나 싶었다.

[다시 해.]

분명 손약란의 전음이었다.

도유강은 눈이 휘둥그레졌다.

손약란이 독기 서린 눈을 빛내고 있었다.

[다시 하다니?]

[이대로 포기할 순 없어.]

손약란이 손을 입으로 가져가더니 뭔가를 꿀꺽 삼켰다.

확인하나마나 그 문제의 환약이 분명했다.

[말도 안 돼. 그럴 수 없다.]

[이미 먹었어. 이번엔 믿어줄 거야.]

[하지만…….]

[닥쳐!]

도유강은 그녀의 박력 앞에 더 이상 말을 꺼낼 수가 없었다.

그녀는 진심이었다.

[손 씨 가문은 포기를 몰라. 알겠어?]

도유강이 고개를 끄덕였다.

인정하지 않을 수 없었다. 풍천도 독종이랄 수 있지만 손약란도 그에 못지않았다. 아니, 그 이상이었다. 그녀의 아버지라는 녹림왕의 면상도 갑작스럽게 궁금해질 지경이었다.

"끼야악!"

손약란이 날카로운 비명을 내지르고 바닥으로 쓰러졌다.

말 울음소리가 나며 마차가 급정지했다.

제아무리 풍천이라도 두 번째는 확실히 반응이 달랐다.

덕분에 손약란이 마차 벽에 머리를 부딪쳐 한 손으로는 배를, 한 손으로는 머리를 움켜쥐었다.

마차 문이 벌컥 열리며 풍천이 말했다.

"주군, 무슨 일입니까?"

"또 위장이 뒤틀리는 모양이다. 손 채주를 들고 멀리 가서 일을 보게 하라."

"주군, 드릴 말씀이 있습니다."

"뭐냐?"

"이대로는 안 되겠습니다."

"안 되다니?"

"매번 귀찮은 일이 생기니 죽여 버리는 것이 좋겠습니다."

도유강이 입을 쩍 벌렸다.

손약란도 신음을 흘리며 꿈틀대다 그대로 얼음이 되어버렸다. 괜히 호기를 부려 환약을 먹었다는 후회가 얼굴 가득 떠올랐다. 손 씨 가문의 가훈을 원망하는 것 같기도 했다.

"주군, 손약란은 이미 순결을 잃었습니다. 더럽혀진 몸입니다. 아까울 것도 없습니다. 마차를 더럽히기 전에 죽여 버려야 합니다."

"닥쳐라! 그녀는 사람이면 누구나 하는 것을 조금 더 심하게 하는 것뿐이다."

이야기를 듣는 손약란은 거의 미쳐 버릴 것 같았다.

배는 아프지, 일은 곧 벌어지려 하지, 거기에 똥 한번 쌌다고 순결을 들먹이며 목숨까지 왔다 갔다 했다.

곧 그녀는 서러움에 복받쳐 짐승처럼 울기 시작했다.

그러거나 말거나 풍천이 단호히 말했다.

"심해도 너무 심합니다."

"그만 하지 못할까! 이곳까지 데리고 와서 죽일 순 없다. 그녀로부터 녹림왕이 아버지라는 소리를 들어 알고 있다. 귀중한 자원을 낭비할 생각은 마라."

"주군의 영명하신 판단이 그러하시니 소인 즉시 손을 쓰겠습니다."

도유강은 내심 안도의 한숨을 내쉬었다. 다행이었다.

풍천이 손약란을 꺼내 옆구리에 끼고 도약했다.

도유강이 풍천의 뒤통수에 대고 외쳤다.

"냄새가 심할 테니 멀리 가도록 하라! 그리고 혹시 도주의 염려가 있을지도 모르니 그 곁에서 잘 감시하도록!"

“존명!”

풍천의 모습이 시야에서 사라졌다.

그 즉시 도유강은 산비탈을 타고 내려갔다.

‘이번엔 결코 붙잡히면 안 된다. 손약란의 희생을 헛되게 할 순 없어.’

결심을 다지며 도유강은 미친 듯이 달리고 또 달렸다.

얼마나 달렸을까. 일식경 정도는 지난 것 같았다.

막 구덩이 하나를 지나치던 도유강은 신형을 멈추고 돌아서서 골똘히 생각에 잠겼다.

‘경공으로는 잡히고 만다.’

귀신같은 놈이니만큼 처달리는 것만이 능사가 아니었다. 머리를 써야 한다는 것이 도유강이 내린 결론이었다.

도유강은 주변의 나뭇가지와 낙엽들을 쓸어 모았다. 그리곤 구덩이에 몸을 눕히고 낙엽으로 다리부터 시작해 온몸을 두툼하게 덮었다.

다시 일식경가량이 지났을까.

척, 소리와 함께 목소리가 들렸다.

“흠, 주군께서 어디로 가신 것일까? 또다시 경공 연습이라도 하시나 보구나. 흔적은 여기까지인데…….”

풍천이었다.

도유강은 저승사자의 목소리를 듣는 기분이었다.

풍천의 말이 이어졌다.

"아무래도 심상치 않군. 단순히 경공 연습이 아닌 것 같다. 흠, 주군께서 마교 교주 자리를 버리고 떠나셨을 리는 없다. 위대한 지존의 피를 이어받으신 분이 아니시던가. 그렇다면 납치를 당하신 것이 분명하군. 보통 놈들이 아니겠지? 일단 이 방향이 맞는 듯하니 쫓아가 보는 수밖에. 놈들을 결코 용서치 않으리라."

비장한 어조와 함께 낙엽이 미세하게 쓸리는 소리가 났다.

풍천이 떠난 것이다.

하지만 도유강은 바로 몸을 일으키지 않았다. 어서 빠져나가고 싶은 마음에 몸이 근질거렸지만 애써 마음을 다독이며 숫자를 헤아리면서 시간을 측정했다.

'…만 구천구백구십구, 이만.'

이 정도면 충분했다. 이만까지 센 도유강은 몸을 일으켰다.

절반쯤 몸을 일으켰을까.

도유강은 그 자세 그대로 굳어 경악성을 토해냈다.

"헉!"

풍천이 바로 눈앞에서 팔짱을 끼고 지그시 바라보고 있었다. 사실은 이곳에서 단 한 발자국도 떠난 적이 없다는 것을 보여주고 싶은 듯한 자세였다.

풍천이 말했다.

"주군, 은신법을 익히고 계셨군요?"

도유강의 얼굴이 환해졌다. 다시 구원의 밧줄이 내려온 것이다. 망설이지 않고 움켜잡았다.

"그래, 바로 그거야. 강호는 험한 곳이니까."

"역시 훌륭하십니다."

"하하하, 물론이지. 그런데 넌 손약란은 어찌하고 이곳에 있는 것이냐?"

"그녀는 꽤 오래 걸릴 것 같아 주군의 안위가 걱정되어 찾게 된 것입니다."

"헛소리. 그녀가 도망이라도 쳤다면 어떻게 할 것이냐!"

"하체는 힘을 쓸 수 있도록 하고, 상체만 마비시켜 두었습니다."

역시 철두철미한 놈이었다.

"흐음, 잘했다. 자, 이젠 돌아가자. 이번 추적술은 매우 훌륭했다."

도유강은 풍천의 어깨를 두드린 후 걸음을 옮겼다.

"주군!"

풍천이 꼼짝도 하지 않은 채 불렀다.

도유강이 신경질적으로 돌아봤다.

"무슨 일이냐!"

"머리를 박으셔야겠습니다."

"뭐?"

기세 좋게 인상을 쓰긴 했지만 사실 도유강의 간은 쫄깃쫄

깃해져 버렸다.

"머리를 박으십시오. 저는 아수라천마님께로부터 지존의 길을 가르치라는 명을 받았습니다. 그 길에서 벗어나려는 행위는 용납할 수 없습니다. 흐음, 그러니까 이번이 총 세 번째로군요."

"세, 세 번째라니! 네놈이 감히 날 모함하는 것이냐!"

이놈은 혼강으로 옆구리를 쑤셔 박을 때부터 이미 알고 있었다. 그저 모른 척하고 넘어가 준 것뿐. 얼굴은 촌놈처럼 생겨서 머리가 장식으로 보이는데 뇌가 제 기능을 다하고 있었다.

풍천이 한 걸음 다가와 손을 쳐들었다.

"히익!"

도유강은 주먹이 날아오는 줄 알고 몸을 움츠렸다.

하지만 풍천은 손으로 귀밑머리를 매만졌을 따름이다.

"주군, 당당함을 잃으시면 안 됩니다. 자, 그런 의미로 당당히 머리를 박으십시오."

"어허! 난 네 주군이다!"

도유강이 마지막 발악 차원에서 고함을 내질렀다.

"박으십시오."

풍천도 지지 않고 똑바로 쳐다보며 말했다. 목젖이 일렁이는 것이 당장 팰 기세였다.

"이 새끼야, 안 그래도 막 박으려고 했다."

도유강은 머리를 박고 두 손을 뒤춤에 올렸다.

“복창하십시오. 하나 하면, 나는 마교 교주다. 둘 하면, 그 무엇도 두렵지 않다, 입니다. 자, 하나!”

“…….”

도유강은 차마 입이 열리지 않았다.

“하나!”

풍천의 목소리가 커졌다.

“나는 마교 교주다.”

“목소리가 작습니다.”

“나는 마교 교주다!”

“좋습니다. 둘!”

“그 무엇도 두렵지 않다.”

“하나!”

“젠장할! 나는 마교의 교주다!”

“쓸데없는 말은 빼십시오. 둘!”

“나는 천하무적이다.”

“좋군요. 하나!”

“내가 바로 마교 교주다~!”

第八章
가로막는 자들

전전
　　궁궁
마교교주

거짓말이었다.
불가능이 없다는 말은.
옛 서책은 분명히 말했다.

사람이 힘을 다하면 하늘을 이기고,
뜻이 한결같으면 기질도 바꿀 수 있다.
결코 군자는 조물주의 틀 속에 갇히지 않도다.

사람이 힘을 다하면 하늘을 이길 수 있다고?
틀렸어!

도유강은 도대체 어떤 자식이 그딴 소리를 적어냈는지 면상을 후려갈겨 주고 싶었다.

하늘을 이기기는커녕 수하로 부리는 자 한 명도 극복하기 힘든 것이 현실이었다.

마차는 쾌속하게 나아갔다.

그 안에 앉은 도유강과 손약란은 얼굴에 짙은 그늘을 드리우고 있을 뿐이었다.

특히 두 번씩이나 환약을 복용한 손약란은 그늘진 얼굴뿐 아니라 창백함까지 더해져 있었다.

그 와중에 단 한 사람, 흥에 겨운 사람이 있었다.

바로 풍천!

"불가능은 없다네! 주군께서 가시는 길 그 누가 막으랴!"

정체를 알 수 없는 음률을 가진 노래였다.

도유강은 닥치라는 말도 못하고 노래를 들었다.

"지존의 행보 앞에는 피가 산을 이루고 해골이 난무하네. 뭇 미녀들은 줄을 지어 꽃가루를 뿌리며 환호하니, 천하여, 경배할지라."

피가 산을 이뤄? 해골이 난무해?

도유강의 안색은 더욱더 어두워졌다.

노래는 다행히 일다경 정도가 지나 끝났다.

마차가 천천히 멈춘 것이다.

풍천의 목소리가 들려왔다.

"주군, 바퀴가 부서진 마차가 길을 막고 있습니다. 명을 내려주십시오."

도유강은 와락 인상을 찡그렸다.

어떤 멍청이가 작전을 수행하고 있는 것일까? 이번에도 똑같은 수법을 들고 나왔다.

성공한 작전이라도 두 번 사용하는 것은 하책에 속하거늘 실패한 작전을 다시 꺼내 든 것을 보면 머리에 암기 수백 발이 박혔다가 아직도 빼내지 못하고 있는 놈이 틀림없었다.

"나가서 직접 보겠다."

밖으로 나와 마차를 보니 우측 뒷바퀴가 주저앉아 있었다.

마차 옆으로 허리에 검을 찬 중년무사와 이십대 중반으로 보이는, 허리는 가느다랗고 가슴이 비정상적으로 풍만한 초육감적인 여인이 서 있었다.

'호위무사와 아가씨라……. 이건 심해도 너무 심하군.'

중년무사가 다가와 신분을 밝히고 도심까지 동승을 청했다. 청운장이라고 소개했지만 그딴 거짓말은 관심도 없었다.

도유강은 눈빛을 싸늘히 빛내며 허락했다.

즉시 풍천이 가로막고 선 마차를 말과 함께 던져 버렸다.

두 남녀가 화들짝 놀랐다.

일전의 상황과 한 치의 오차도 없이 같아서 기시감인가 착각이 들 정도였다.

분명 어금니 안쪽에 독단을 물고 있는 것도 같을 것이란 생각이 들었다.

"아가씨는 마차 안으로 부탁드립니다. 전 마부석이면 충분합니다."

어련하시겠습니까. 도유강은 쳐다보지도 않고 마차 안으로 들어갔다.

손약란은 여전히 혼자만의 어둠의 세계에 깊이 파묻혀 있었다. 풍만한 몸매의 여인은 손약란 옆으로 앉으려다 분위기가 심상치 않다고 느꼈는지 도유강 옆자리에 자리 잡았다.

도유강은 비로소 여인의 얼굴을 자세히 훑어봤다.

전체적으로 보자면 귀여운 인상이었다.

눈이 크고 양 볼과 입술은 도톰했다. 코는 살짝 들려 있었지만 그야말로 살짝 들려 있어 도리어 묘한 매력을 발산했다.

그러나 뭐니 뭐니 해도 그녀의 진정한 매력은 압도적으로 거대한 가슴이었다.

키가 크거나 뚱뚱한 것이 아님에도 그녀의 가슴은 상식의 범주를 뛰어넘는 것이었다.

도유강이 훑듯 시선을 준 것을 의식했는지 여인의 안색이 발그레해졌다.

그녀는 손을 들어 가슴께를 가리는 시늉을 했다.

"흥!"

도유강은 콧방귀를 꼈다. 이미 정체를 알고 있는 마당에 가당치도 않은 몸짓이었다.

더 망설일 것도 없었기에 도유강은 바로 전음을 날렸다.

[얌전히 있다가 돌아가라.]

여인이 화들짝 놀라 바라봤다. 가만있어도 커다란 눈이 더욱 커졌다. 어깨도 파르르 떠는 것이 제법 극적인 연기를 하려고 애쓰는 것이 역력했다.

도유강이 비릿하게 웃었다.

[어설퍼.]

여인이 고개를 떨어뜨렸다.

[포기할 수 없어요.]

[불가능하다. 네 목숨이나 소중히 여겨라.]

[죽음을 두려워했다면 나서지도 않았을 거예요.]

[쯧쯧, 어리석긴. 세상엔 이루어지지 못할 일이 많다.]

[그 무엇으로도 제 가슴을 흔들진 못해요.]

[네 가슴을 흔들고 자시고 하는 문제가 아니다. 풍천이 무슨 까닭으로 바로 도륙하지 않고 마차 안으로 들였는지 정녕 이해하지 못한단 말이냐! 희망의 불을 지핀 후 일시에 꺼버리려는 것이야!]

여인의 눈이 촉촉해졌다.

[상관없어요. 이렇게 죽는 것이 운명이라면 어쩔 수 없는 것이겠죠. 전 믿어요. 사랑은 모든 역경을 끝내 극복하고 말 것이란 것을.]

[사랑? 여기서 사랑이 왜 나와?]

[제 사랑을 무시하지 마세요.]

여인이 매섭게 노려봤다.

도유강은 울화가 불끈 솟아 참을 수가 없었다.

[이봐, 왕가슴. 아니, 너! 나를 언제 봤다고 사랑 타령인 것이냐! 전광동자가 시킨 일이냐!]

[왕가슴이라고?]

여인이 벌떡 일어나 고함을 질렀다.

"당신 대체 누구야?"

도유강이 놀라 눈을 깜박거렸다. 누구라니? 뭔가 잘못되었다. 말이 엇갈린다 싶을 때는 이미 늦어버린 뒤였다.

"누, 누구세요?"

"왕가슴이라니? 네가 감히 본녀를 모욕하다니!"

여인이 손을 날렸다.

너무나 가깝고 급작스러운데다 정신을 놓고 있었던 터라 도유강이 어떻게 대처할 상황이 아니었다.

쿵!

도유강은 턱에 불이 나면서 바닥으로 쓰러졌다.

손약란이 잠시 시선을 던졌으나 누가 돼지든 내가 상관할 바 아니라는 듯 무심히 눈을 감아버렸다.

그러나 풍천까지 무심할 순 없었다.

소란이 이는 순간, 곧바로 마차가 멈췄다.

"주군, 무슨 일이십니까?"

“캐캑!”

풍천이 말했고, 이어 풍천에게 당했는지 호위무사의 괴로운 신음이 터져 나왔다.

“난 괜찮다. 아무 일도 아니다.”

착각을 한 것이니만큼 도유강은 이 상황을 이쯤에서 무마하고 싶었다.

그러나 어느새 뒷문이 벌컥 열렸다.

풍천이 호위무사의 목줄기를 한 손으로 움켜쥐고 당당히 모습을 드러냈다. 무사는 안색이 하얗게 질려 두 발이 허공에 뜬 채로 발버둥치고 있었다.

풍천의 시선이 도유강에게 닿았다.

도유강은 이때 쓰러진 몸을 일으키려 할 때였다.

풍천의 눈에 분노가 활화산처럼 타올랐다.

“거기 왕가슴! 네 짓이냐!”

“이 파렴치한 놈들!”

여인이 숨을 들썩이더니 이내 풍천을 향해 장력을 날렸다.

풍천이 가볍게 호위무사를 방패 삼아 장력을 막았다.

“크아악~!”

등판에 장력을 맞은 호위무사가 목청껏 비명을 내질렀다.

“비열한 놈!”

여인이 손가락을 독수리 발톱마냥 구부리고 풍천을 향해 신형을 날렸다.

그러나,

"캑!"

풍천이 가볍게 여인의 목을 붙들었다.

여인의 안색이 백지장처럼 새하얗게 질렸다. 양손에 한 사람씩 붙들고 있던 풍천이 호위무사를 쓰레기 버리듯 옆으로 던져 버리곤 손을 올려 등 뒤의 검을 뽑았다.

"배은망덕도 유분수로지, 주군께서 특별히 자비를 베푸셨거늘……."

"캐액, 캑!"

여인이 살아보겠다고 발버둥쳤다.

풍천은 검을 역날로 쥔 채 여인의 목을 막 꿰뚫어 버리려고 했다.

도유강이 책임감을 느끼고 소리쳤다.

"풍천, 멈춰라! 왕젖, 아니, 그녀를 죽이지 마라! 잠시 오해가 있었을 뿐이다!"

풍천의 검이 여인의 목에 깻잎 한 장 차이로 멈췄다.

도유강이 다시 외쳤다.

"죽이지 마라.. 내가 잠시 희롱했던 것뿐이다."

풍천이 호흡을 가라앉히고 검을 집어넣었다.

"주군의 명을 받듭니다."

여인도 자신이 죽음의 순간 간신히 살아난 것을 알고 있었다. 그녀는 온몸의 피가 빨리 돌아 호흡이 거칠어져 큰 가슴을 들썩이며 진정하려 애썼다.

그때 풍천의 손이 여인의 머리를 붙들었다.

여인이 놀란 눈으로 풍천을 바라봤다.

도유강은 입을 쩍 벌렸다.

그만 하라고, 멈추라고 소리를 지르고 싶었다.

그러나 풍천은 언제나처럼 빨랐다.

뚜드득!

"꺄아악!"

여인의 목이 돌아갔다.

"허어억; 흐억……!"

"끙끙……!"

마차 안에서 비슷한 듯 다른 두 소리가 울려 퍼졌다. 다 죽어가는 신음 소리는 풍천의 방패로 활용되어 장력을 맞은 호위무사가 바닥에 엎드린 채 내는 소리였고, 여인은 자신의 목을 붙잡고 어떻게 해보겠다고 한참이나 끙끙거렸다.

"소용없어요."

죽은 사람처럼 어둠의 기운을 내뿜던 손약란이 나직이 말했다.

그래도 여인은 포기하지 않았다.

"끙끙……."

"이년이, 소용없대도!"

여인이 목이 돌아간 채로 손약란을 째려봤다.

"당신들, 대체 뭐 하는 사람들이죠?"

손약란이 고개를 저었다.

"나도 몰라. 하지만 목을 바로잡는 방법은 알고 있지."

"그게 뭐죠?"

손약란이 손을 품에 넣었다가 뺐다.

문제의 환약 두 알이 손 위에 나타났다. 도대체 얼마나 많이 가지고 다니는지 옷 안쪽을 확인해 보고 싶을 지경이었다.

"자, 이거 두 개를 받아. 먹자마자 바로 돌아올 거야. 부수적으로 살도 빠져."

도유강이 중간에 낚아챘다.

"마차를 망칠 셈이냐? 어디서 물귀신 짓이야!"

손약란이 배시시 웃었다.

이야기를 통해 속임수란 것을 눈치챈 여인은 다시 끙끙대며 머리를 붙들고 안간힘을 썼다. 결국 의미없는 몸짓이란 것을 깨달은 여인이 서럽게 울음을 터뜨렸다.

바닥에 누워 있던 호위무사가 자기 몸도 제대로 가누지 못하면서도 신음 소리를 내면서 안타깝게 여인을 바라봤다.

손약란은 여인과 호위무사를 번갈아보면서 킬킬거렸다.

환약 사건은 다 잊어버린 표정이었다.

도유강은 이 다양한 군상을 보고 있자니 그저 나오느니 한숨뿐이었다. 그래도 여인이 우는 모습을 보고 있자니 측은지

심이 일었다.

"미안하다."

여인은 들은 척도 하지 않고 눈물만 흘렸다.

마부석에서 호통이 터졌다.

"주군께서 파격적으로 미안하다고 하지 않느냐!"

여인은 놀라 어깨를 움찔하느라 울음을 그쳤으나 이내 더 크게 울어댔다.

"어서 감사합니다, 라고 말하지 못할까!"

풍천의 말은 불길에 기름을 쏟는 격이었다.

"풍천, 그만 하면 됐다. 마차나 똑바로 몰아라."

"존명! 하지만 계속 운다면 소인이 죽여 버리겠습니다. 역대로 지존의 미안하다는 말을 듣고 송구한 표정을 짓지 않는 인간은 없었습니다. 진짜 죽여 버리고 싶습니다."

풍천의 말은 곧바로 효력을 발휘했다.

여인이 눈물을 뚝 그친 것이다.

도유강은 무슨 말인가를 해주고 싶었지만 여인이 또 대답을 하지 않는다면 풍천이 미친 척 죽여 버릴 것 같아 입을 다물었다.

질주하는 마차 안에는 네 사람이나 타고 있었지만 한없이 고요하기만 했다. 그러나 마차 외부는 말발굽 소리와 바퀴가 지면을 구르는 소리, 그리고 풍천이 신바람이 나서 '불가능은 없다'는 가사로 된 노래를 박자를 무시한 채 부르는 소리가 장렬히 울려 퍼졌다.

한순간 손약란이 여인 곁으로 다가가더니 가만히 손을 잡았다.

"동생, 힘들지?"

"언니!"

여인이 기다렸다는 듯 손약란에게 안겼다. 하지만 모가지는 뒤로 돌린 채였다.

도유강은 방금 전까지 말다툼을 하던 두 사람이 원래부터 알고 지낸 사이처럼 언니, 동생을 태연히 부르자 이해가 되지 않았지만 저것이 여인들만의 영역인가 보다 하고 이해하며 가만히 지켜보았다.

"동생, 이름이 뭐지?"

"왕유옥이에요."

여인이 대답한 것은 손약란에게였지만 정작 얼굴은 도유강 쪽을 향하고 있었던 터라 도유강은 손을 입에 가져다 대고 헛기침을 하며 고개를 돌려야 했다.

"예쁜 이름이네. 어디까지 가는 길이야?"

"오태산이에요."

"오태산? 이렇게 공교로울 수가. 우리도 그곳으로 가는 길이야. 주군아, 그곳까지 데려다 주자."

도유강이 고개를 끄덕였다. 거절할 이유가 없었다. 그렇지 않아도 뭔가 보상을 해줘야겠다고 생각하고 있던 차다.

곧바로 풍천에게 뜻을 전하자, 노래를 흥얼거리던 풍천이 기합이 들어간 목소리로 존명을 외쳤다.

"고마워요, 언니."

왕유옥의 얼굴이 환해졌다.

도유강도 마음의 짐이 놓이는 느낌이었다.

"언니, 그런데 언니 이름은 어떻게 돼요?"

"난 약란이라고 해. 약란 언니라고 불러도 좋아. 넌 나이가 어떻게 되니?"

손약란이 다정히 말했다. 오른손으로는 왕유옥의 돌아간 머리를 쓰다듬기까지 했다.

"올해로 스물넷이에요. 언니는요?"

순간 손약란의 얼굴이 딱딱하게 굳었다.

불길한 징조였다. 발작하고 만다.

손약란이 말했다.

"왕 형, 이제 떨어집시다."

"언니, 왕 형이라뇨?"

왕유옥이 큰 눈을 더 크게 떴다.

손약란이 왕유옥을 확 밀쳤다.

"이년아, 저리 떨어져 앉으라고! 나 스물한 살이야!"

왕유옥이 속절없이 바닥을 뒹굴었다.

도유강은 어쩐지 분위기가 너무 좋더라니 하며 혀를 찼다.

'그럼 그렇지.'

다정하던 언니가 다정하지도 않을 뿐 아니라 정작 언니도
아니었다. 게다가 그녀는 여전히 모가지가 돌아가 있고, 그
녀의 호위무사는 바닥을 벌레처럼 기며 낑낑대고 있는 것이
다.

결국 왕유옥은 서러움을 참지 못하고 울음을 터뜨렸다.

당장 풍천의 호통이 터졌다.

"울면 죽여 버린다고 했을 텐데!"

도유강은 입술을 깨물었다.

이 마차는 달리는 네 마리의 말 빼고는 모두 개판이었다.

그늘진 얼굴은 이제 완연히 왕유옥의 차지였다.

그녀는 마차에 합류한 지 이레가 지날 동안 여전히 모가지
를 돌리고 있어야 했고, 그동안 객점을 들를 때도 마찬가지
로 뒷걸음질로 들어가고, 삐딱하게 앉아서 식사를 해야만 했
다.

이날도 일행은 반점에 들렀다.

굳이 이층까지 올라가는 바람에 왕유옥은 계단 난간을 붙
잡고 힘겹게 올라야 했다.

자리를 잡고 앉았을 때, 옆자리에 앉은 아이가 왕유옥을 힐
끗 쳐다봤다.

아이는 열 살이 채 되지 않아 보였는데, 부모가 아이에게
반찬이나 음식을 챙겨주고 있었다.

아이가 음식을 씹다 말고 소리쳤다.

“엄마, 아빠! 저 여자 병신이야!”

나름 대단한 발견을 했다는 기쁨이 묻어나는 목소리였다.

당장 왕유옥의 얼굴이 어두워졌다.

아이 엄마가 바로 혼을 냈다.

“그렇게 말하면 못써. 장애인이라고 해야지.”

그 말이나 그 말이나.

왕유옥의 얼굴은 한층 어두워졌다.

겨우 거동이 가능해진 호위무사도 신음을 흘렸다.

아이가 입술을 삐죽 내밀고 말했다.

“알겠어요. 근데 목이 돌아갔는데 왜 안 죽어?”

“어이쿠, 우리 아기가 그런 질문도 할 줄 알고, 대견하구나, 대견해. 여보, 그렇지 않아요?”

아이 엄마가 아이의 머리를 쓰다듬었다.

아이의 아빠가 고개를 끄덕이며 말했다.

“대견하다마다. 그런데 저 여인은 얼굴은 예쁜데 어찌 저리 되었을꼬. 그 부모 마음이 어떨지 상상도 되지 않네.”

곧바로 부인이 쌍심지를 켰다.

“어머! 당신, 저 병신년한테 반한 거예요? 그런 거예요? 목 돌아간 년이 그렇게 좋아요?”

“아, 아니, 내 말은 그런 것이 아니라 안타깝다는 거지.”

남편이 황급히 변명을 늘어놓았다.

아이가 엄마의 소맷자락을 붙들었다.

"엄마, 장애인이 아니라 병신년이라고 말해야 하는 거야?"

어찌나 목소리도 또랑또랑한지 왕유옥은 결국 눈물을 뿌리고 말았다.

손약란이 바로 킥킥거렸다.

'크큭, 아이가 정말 총명하네.'

문제 가족이 식사를 하는 둥 마는 둥 자리를 떴다.

그 뒤 일행도 식사를 마치고 마차로 향했고, 그 도중에 도유강은 풍천에게 엄하게 명을 내렸다.

"풍천, 어서 왕 소저의 모가지를 돌려놓아라."

풍천이 단호히 고개를 저었다.

"주군, 지존의 위엄은 말에서 비롯됩니다. 주군께서 미안하다고 했을 때는 그 누구라도 송구스러운 몸짓이나 최대한 겸양의 말을 해야 합니다. 하지만 왕젖… 아니, 여인은 전혀 그런 태도를 보이지 않았습니다."

도유강은 오기가 발동했다.

도대체 그 송구스러운 몸짓이라는 것이 뭔지 구경이라도 해보고 싶었다.

"오냐, 그래. 풍천 네게 무리한 요구를 했구나. 미.안.하.다."

끝말은 한 자 한 자 끊어서 강조해 주었다.

풍천의 가느다란 눈이 그나마 커졌다.

이내 풍천이 몸을 배배 꼬기 시작했다. 자기 딴에는 수줍음에 겨워 어쩔 줄 모르는 동작이랍시고 하는 것 같았다. 어깨를 움츠리고 눈썹도 파르르 떨었다. 무릎을 안쪽으로 오므리고 고개도 살랑살랑 좌우로 흔들었다.

도유강은 스스로를 저주했다.

지금 당장 두 눈을 파내 버리고도 싶었다.

결코 두 번 다시는 풍천에게 미안하다는 말을 하지 않으리라 깊이 다짐하고 말았다.

두두두두두!

마차는 꾸준히 질주했다.

"이제 거의 다 온 것 같네."

손약란이 쪽문으로 밖을 쳐다보며 말했다.

그녀는 예전의 활기를 되찾은 상태였다.

손약란이 왕유옥을 보며 말을 이었다.

"이봐, 왕 형! 넌 어디까지 가나?"

왕유옥은 대답이 없었다.

"왕 형, 말을 해야 작별을 준비할 거 아냐! 설마 오태산이 목적지는 아닐 거잖아요?"

"산 아래에서 내려주면 내가 알아서 갈 테니 염려 마."

왕유옥의 목소리엔 감정이 실려 있지 않아 나무토막이 말하는 것 같았다.

"근데 왕 형은 오태산에 왜 가는 거야?"

"……"

"이년아, 정말 궁금해 죽겠어. 뭐라고 말 좀 해봐."

"욕하지 마."

"그래, 미안 미안. 내가 잘못했어요. 그래도 궁금한 건 어쩔 수 없잖아요. 혹시 모를까 봐 하는 소린데, 거긴 녹림의 고수들이 우글거리거든. 작살난 호위무사 하나 데리고 산을 오르다간 어떤 험한 꼴을 당할지 모르는 일이야. 옷도 막 훌렁훌렁 다 벗겨져 버리고 말걸?"

도유강도 호기심이 일어 두 사람의 대화에 귀를 기울였다.

그동안 수차례에 걸쳐 손약란이 목적지를 물었지만 그때마다 왕유옥은 입을 굳게 다물었기 때문이다.

전음으로 서로 동문서답을 하면서 얻은 정보에 의하면 왕유옥은 사랑을 찾아서라고 말했다.

그런데 도대체 오태산의 어떤 자인지 짐작조차 할 수 없었다. 사랑은 역경도 극복하고 만다는 말을 토대로 유추해 보면 녹림도가 정인을 가둬두고 있는 것도 같고, 보잘것없는 약초꾼이거나 오태산의 어느 암자의 늙은 승려일 것도 같았다.

"말하고 싶지 않아."

왕유옥이 차갑게 말했다.

바로 손약란이 길길이 날뛰었다.

"이년아, 욕 안 하면 말해준다며? 가슴만 큰 년이 어디서 거짓부렁이야. 모가지도 돌아간 주제에 뭐가 그렇게 비밀이 많은데?"

그럼 그렇지. 도유강은 온전한 대화를 기대했던 자신의 어리석음을 탓하며 눈을 감아버렸다.

호위무사가 나름 사명을 다한답시고 다 죽어가는 소리로 끙끙거렸다.

뭔가 왕유옥이 욕을 먹거나 곤란한 상황에 처하면 끙끙거리는 소리라도 내야만 자신의 사명을 다하는 것이라고 생각하는 것 같았다.

얼마 지나지 않아 마차가 멈췄다.

"주군, 목적지에 거의 이르렀습니다. 지금부터는 도보로 이동해야 할 듯합니다."

"그렇게 하지."

그때까지 왕유옥을 향해 온갖 쌍욕―이를테면 가슴이 더 커져 아예 기어다녀 버려라 따위―을 남발하던 손약란이 제일 먼저 마차 밖으로 나와 빙글 한 바퀴 돌면서 기쁨을 만끽했다.

도유강은 그 모습을 보며 맥 빠진 웃음을 흘렸다.

아무리 제정신이 아니어도 가끔은 정상으로 돌아와 주면

좋으련만 언제나 손약란은 기대를 무너뜨렸다.

녹림왕을 제압하려 오태산에 왔거늘 저리 기뻐하는 모습을 보자니 녹림왕의 딸이 아니라 녹림왕과 원수지간이 아닌지 의심스러울 지경이었다.

왕유옥은 내리자마자 도유강을 향해 정중히 부탁했다.

"모가지를 부탁드립니다."

그녀는 맡겨놓은 모가지를 찾으러 온 사람 같았다. '운임은 선불로 지급했죠? 그러니 이제 제 모가지를 돌려주세요' 라는 식이었다.

도유강이 풍천을 불렀다.

모가지 보관자는 풍천이었으니까.

헤어지는 마당이니 풍천도 명을 따를 것이리라.

"풍천, 왕 소저를 고쳐 드려라."

"존명!"

의외로 시원스럽게 대답이 나오자, 왕유옥의 안색이 밝아졌다. 아니, 감격하고 있었다. 모가지의 소중함을 평생 잊지 않을 듯한 표정이었다.

도유강은 이왕 베푸는 것, 더 쓰기로 했다.

"호위무사의 내상도 살펴주어라."

당장 호위무사의 표정도 살아났다.

하지만 바로 튀어나올 줄 알았던 '존명' 은 들려오지 않았다. 대신 무뚝뚝한 음성이 흘러나왔다.

"이자의 내상은 왕유옥의 소행입니다. 지나친 친절은 자칫 상대를 교만하게 할 수 있습니다."

호위무사가 가슴을 움켜쥐고 신음 소리를 냈다.

네놈이 날 방패로 삼지 않았나 따위의 말을 하고 싶은 표정이었지만 차마 뱉지 못하고 입술만 깨물었다.

도유강이 한숨을 내쉬는 사이, 풍천이 왕유옥의 목을 움켜쥐었다.

왕유옥의 눈에 희열이 가득 떠올랐다.

그때였다.

파라라락!

옷자락 나부끼는 소리와 함께 흑의무복의 사내들이 나타났다. 모두 중년으로 다섯 명이었다.

그중 한 사내가 다가오더니 이기죽거렸다.

"캬아, 이거 보통 물건들이 아닌걸. 뜻밖의 수확이야."

사내는 왼쪽 눈썹에서부터 눈 밑까지 세로로 칼자국을 달고 있었다. 스치기만 했는지 눈알은 멀쩡했다.

"물건 하나는 상했군요."

다른 사내가 말을 받았다. 그의 시선은 왕유옥의 돌아간 목에 고정되어 있었다.

흉터 눈이 한쪽 입꼬리를 올렸다.

"대신 가슴이 크잖아."

그 말에 나머지 네 사내가 배를 움켜쥐고 웃었다.

도유강은 눈살을 찌푸렸다.

이들은 마교의 척살조나 추적조가 아니었다.

그들의 관심은 자신이 아니라 두 여인을 쫓고 있었다.

또한 손약란을 알아보지 못하는 것으로 보아 녹림이 아니란 뜻이기도 했다.

그래도 혹시 몰라 손약란을 바라봤다.

손약란이 어깨를 으쓱하며 고개를 저었다.

저런 새끼들은 다 죽여 버려도 상관없어, 라는 말을 표정으로 지어내고 있었다.

도유강이 외쳤다.

"풍천, 저들을 처리하라!"

"존명!"

풍천이 왕유옥의 목을 붙잡은 손을 거두고 돌아섰다.

흉터눈이 다시 낄낄거렸다.

"존명? 하하, 존명이란다, 존명."

곁의 사내들이 맞장구를 쳤다.

"요즘은 개나 소나 이상한 격식을 차리는군요."

"마교의 소교주라도 되는 줄 아는 모양입니다. 모가지 돌아간 여자나 끼고 있으면서 말이죠."

그 말에 또 한바탕 웃음이 터졌다.

도유강은 더 이상 웃음소리를 듣고 싶지 않았다.

"풍천, 언제까지 머뭇거릴 참이냐!"

평소의 풍천다운 모습이 아니었다.

얼씨구나 좋다고 썰어버렸을 시간이 훨씬 지난 상태였다.

다른 때라면 낄낄거리는 것을 멀거니 보고 있지도 않을 풍천이 아니던가. 그런데 풍천은 다시 명을 내렸음에도 네 불청객이 아닌 우측 숲 쪽으로 시선을 던지고 있을 뿐이다.

도유강이 다시 고함을 내지르려고 할 때였다.

그림자가 확 솟구쳤다.

풍천이 아닌, 풍천이 바라보고 있던 숲 속에서 나온 그림자였다.

네 개의 그림자가 깔끔한 신법으로 도유강 일행과 흑의인들 사이에 내려섰다. 모두 남자였고, 이십 세 전후의 빼어난 용모를 지니고 있었다. 도저히 녹림도로는 볼 수 없는 기품이 묻어났다.

느닷없는 네 청년의 등장에 흉터눈이 고개를 삐딱하게 기울였다.

"어이, 어디서 오신 고인들이신가?"

청년 중 녹의장삼이 한 걸음 나섰다.

"흑룡방. 그대들의 목적은 녹림이 아니었던가? 무고한 자들을 굳이 해칠 필요는 없을 듯한데."

흑룡방? 도유강은 고개를 갸웃했다.

기억이 맞는다면 강호십이방이라 불리는 열두 개의 거대 방파 중 다섯 손가락 안에 드는 곳이었다.

비록 구대문파나 개방에 비하자면 명성이 처지지만 그들의 힘도 무시하지 못한다고 알고 있었다. 그런 흑룡방이 녹림총채 본산 아래에서 녹림을 대신하기라도 하듯 시비를 일으키고 있다니. 도무지 무슨 일이 벌어지고 있는지 모를 일이었다.

그사이 흉터눈이 대꾸했다.

"물론이지. 하지만 지금은 잔업 중이시랄까."

"멈출 생각은?"

"없지. 전혀."

흉터눈이 무슨 말 같지도 않은 소리를 하냐는 듯 고개를 저었다.

"그럼 멈추도록 해야겠군."

"클클, 미녀 앞에만 서면 간이 부풀어 오르는 병에 걸린 녀석들이로군. 신분이 궁금하지만 말할 것 같지도 않으니 다리 하나씩을 자른 뒤 천천히 파헤쳐 보도록 하지."

흑룡방의 무사들이 일제히 병기를 꺼냈다.

다섯 중 셋이 검(劍)이었고, 한 명은 도(刀), 흉터눈은 채찍을 꺼내 들었다.

청년들은 공히 검을 빼들었다.

청년 중 하나가 뒤돌아보며 말했다.

"모두 뒤로 물러나 계십시오."

모두라고 말은 했지만 그의 시선은 오직 손약란에게 향해 있었다.

손약란이 수줍게 손으로 입을 가리고 고개를 숙였다.

그 모습에 얼핏 청년의 얼굴에 들뜬 표정이 떠올랐다.

이 결투에서 반드시 승리해야 하는 이유를 찾은 것 같았다.

도유강은 풍천을 바라봤다.

묻고 있다는 것을 깨달은 풍천이 바로 대답했다.

"주군, 녹림에 문제가 생긴 것 같습니다. 견문도 넓히실 겸 잠시 구경꾼이 되는 것도 나쁘지 않을 듯합니다. 어떤 결과가 나오든 이후 한 놈씩 심문하겠습니다."

"그러지."

풍천이 손을 미룬 이유가 충분히 이해되었다. 마음에 들진 않지만 풍천은 언제 어느 상황에서건 지존의 길, 지존의 성장에 모든 초점을 맞추고 있었다.

풍천은 재빨리 움직여 마른풀을 바닥에 깔았다.

도유강과 손약란, 왕유옥이 자리에 앉고, 풍천은 도유강 옆에 석상처럼 섰다.

왕유옥의 호위도 나름 자기 본분에 충실하려는지 병색이 완연함에도 그녀의 뒤에 자리를 잡았다.

"젊은이들, 힘내!"

손약란이 오른손을 허공에 쭉 뻗으며 활기찬 목소리로 응원을 보냈다.

"지켜볼 테야, 누가 빠릿빠릿한지."

그러더니 품에서 육포를 꺼내 몇 조각을 찢어 도유강과 왕유옥에게 건넸다.

"우리 먹으면서 보자."

구경을 하려면 제대로 해야 하지 않겠냐는 투였다.

도유강도 마땅히 할 일이 없어 말없이 육포를 씹었다.

막 생사를 가늠하는 혈투를 벌이려던 흑룡방의 고수들과 청년들이 주춤했다. 솔직히 이 상황이라면 두 손에 땀을 쥐고 긴장된 낯빛으로 바라봐야 했다. 그런데 지켜볼 테야는 뭐고 육포는 또 뭐란 말인가.

목이 돌아간 여인의 뒤에 선 중년인만이 가슴을 움켜쥐고 식은땀을 흘리면서 바라보고 있을 뿐, 나머지는 너무나도 태연하기 이를 데 없어 어쩐지 내기 도박장의 싸움닭이 된 기분이었다.

그들이 멍하니 이쪽을 바라보기만 하자 손약란이 입을 잘근거리며 소리쳤다.

"이 새끼들아, 안 싸우고 뭣들 해! 마구 물어뜯으란 말야! 살을 째고 뼈를 갈라 버려!"

흑룡방 무사들의 얼굴에 그늘이 드리우고, 청년들은 땀은 안 보였지만 표정만큼은 식은땀을 흘리는 표정이 되고 말았다. 그들은 도대체 자신들이 왜 나섰고, 왜 이 싸움을 벌여야만 하는지 그 목적을 상실한 자의 상실감도 여실히 드러냈다.

먼저 정신을 차린 것은 흑룡방이었다.

그들은 어떻게든 청년들을 제압하고 손약란을 유린한 뒤 과연 그 후에도 헛소리를 지껄이는지 보겠다는 듯 공격을 감행했다.

삽시간에 아홉 명이 뒤엉켰다.

검풍이 회오리치고, 도가 바람을 갈랐으며, 채찍이 뱀처럼 꿈틀거렸다.

풍천이 나직이 입을 열었다.

"주군, 저기 녹의를 입은 자는 남궁세가 출신입니다. 그리고 우측으로부터 차례로 제갈세가, 모용세가, 하북팽가로 보입니다."

도유강은 풍천이 무공이 강할 뿐 아니라 견문에 있어서도 넓다는 것에 감탄했다. 고작 십여 초가 지났을 뿐인데 청년들의 신분을 파악해 낸 것이다.

"흠, 강호오대세가 중 네 곳이 모였군. 손꼽히는 가문의 자제들답게 의기도 높고."

"허점이 많습니다. 아직은 모두 애송이에 불과합니다."

"저들이 왜 오태산에 모습을 드러낸 것인지 짐작하는 바가 있느냐?"

"현 상황은 흑룡방이 녹림을 포위하고 있는 것으로 사료됩니다. 저 흑의인들은 산에 오르는 것을 막고 있었던 듯싶은데, 세가의 애송이들은 고문을 해봐야 알 것 같습니다."

그때 왕유옥이 끼어들었다.

"저, 저기, 저의 목은……."

성질 더러운 장사꾼에게 걸린 순진한 아가씨마냥, 돈은 냈는데 왜 물건을 아직도 안 주냐는 식으로 잔뜩 주눅 든 목소리였다.

풍천이 버럭 성을 냈다.

"주군과 이야기를 나누는 모습이 보이지 않느냐!"

목소리가 쩌렁 울렸다.

어찌나 목소리가 컸던지 막 남궁세가의 청년을 쪼개려던 흑룡방의 고수 하나가 깜짝 놀라 도를 거뒀다.

왕유옥은 당장 울 것 같은 얼굴로 입술을 소리 나지 않게 달싹거렸다.

입 모양만으로는 '씨발'이 확실했다.

"방금 뭐라고 했지?"

풍천이 위압적으로 다가갔다.

"아, 아무 말도 하지 않았는데요."

왕유옥이 더듬거렸다.

"아니. 넌 분명히 욕했다."

풍천이 다그쳤다.

참다못해 도유강이 벌떡 일어섰다.

"풍천, 그만 하고 원래대로 왕 소저를 돌려놓아라."

손약란도 육포를 잘근거리며 끼어들었다.

"아, 좀 비켜봐. 왜 앞을 가리고 지랄이야. 제대로 구경을 못하겠잖아.”

삽시간에 도유강, 풍천, 왕유옥, 손약란이 내뱉는 소리가
장내를 소란스럽게 물들였다.

풍천은 물러서지 않았다.

“주군, 저 여인이 분명 제게 욕을 했습니다.”

“욕하지 않았어요. 맹세해요.”

“틀림없이 보았다. 너는 날 모욕했다.”

“풍천, 그만 하라고 하지 않았느냐!”

“이 새끼들아, 구경 좀 하잔 말이다!”

“끙끙끙.”

마지막으로는 호위무사가 뭔가 한소리를 해야겠는지 신음
소리를 발했다.

그야말로 처절하게 목숨을 걸고 싸우는 것은 완전히 뒷전
이 된 상황이었다.

덕분에 흑룡방의 고수들과 세가의 네 기재는 머리가 어떻
게 되어버리는 것 같았다.

처음에는 각자 분명한 목적을 가지고 이 싸움을 시작했다.

흑룡방은 여자들을 범하기 위함이었고, 네 기재는 위기에
처한 미녀를 구하고, 덤으로 힘없는 자들을 지키려 했다.

그런데 지금은 그 모든 목적이 허공으로 날아가 버렸다. 저
것들은 심지어 자신들이 싸우고 있는 것도 모르고 있는 것 같
았다.

칼과 검의 싸움과 마찬가지로 언쟁 상황은 계속 이어졌다.

왕유옥이 벌떡 일어섰다.

"욕하지 않았단 말이에요."

이어 그녀는 손약란을 가리키며 말했다.

"그동안 약란 동생은 수없이 욕을 했는데, 욕을 하지도 않은 저는 왜 이리 핍박하시는 거죠?"

풍천이 왕유옥에게 바싹 다가갔다. 거의 가슴이 닿을 정도였다.

"그녀는 그만큼 고통을 당했다. 머리도 여러 번 돌아가고 똥도 두 번이나 쌌고, 그리고 무엇보다 원래부터 제정신이 아니다."

손약란이 육포를 씹다 말고 풍천을 향해 눈을 흘겼다.

"이 씨발 새끼가 정말이지, 섬세하게도 묘사하네. 잘생긴 놈들도 많은 판에."

"작작 좀 하란 말이다."

도유강이 눈알을 부라렸다. 하지만 소용이 없었다.

풍천은 위협적으로 왕유옥을 노려봤다. 살기가 번들거렸다.

"어서 인정하시지."

왕유옥은 결국 참지 못하고 눈물을 쏟았다.

그녀가 아랫입술을 깨물더니 고함을 내질렀다.

"그래, 욕했다! 이 씨발이라고 했다. 됐냐? 됐어? 듣고 나니 속이 시원해?"

"하하하하! 진작 그럴 것이지. 주군, 제 말이 맞았습니다. 하하하하!"

풍천이 환하게 웃었다.

표정도 없던 놈이 이토록 환한 미소라니!

그 말이 그렇게 좋단 말이냐!!

도유강은 풍천의 정신 상태가 심각하게 문제가 있다는 결론에 이를 수밖에 없었다.

"당장 목을 똑바로 해놔!"

"존명!"

풍천이 왕유옥의 목을 제 위치로 복귀시켰다.

왕유옥은 기쁨에 겨워 어쩔 줄을 몰라 했다. 인생에 있어 꿈꿔오던 소망을 이룬 것 같기도 하고, 내일 아침 혼례식을 치르는 새신부의 모습 같기도 했다.

"고마워요. 너무 고마워요."

"천만에."

풍천이 한마디 내뱉고 빠르게 그녀의 가슴 아래 부위를 점혈했다.

왕유옥은 곧 단전이 뜨끔한 충격과 함께 허리를 앞으로 확 꺾고 말았다. 머리를 처박고 말 상황이라 그녀는 두 손으로 재빨리 땅을 짚었다.

"이게 무슨 짓이에요?"

왕유옥이 뾰족하게 외치며 몸을 일으키려 했다.

그러나 어떻게 된 노릇인지 허리가 굳어버려 몸을 일으킬 수가 없었다. 현재로서 취할 수 있는 자세는 두 손을 땅에 짚고 짐승처럼 네 발로 서는 것이 전부였다.

"제, 제가 어떻게 된 거죠? 흑흑흑… 제발 저를 더 이상 괴롭히지 마세요."

모가지가 돌아간 것과 비교해도 나을 것이 없었다.

도유강도 바로 발작했다.

그녀는 목은 똑바로 돌아왔지만, 이젠 목이 바로 선 짐승이 되어 있었다. 그녀의 젖가슴이 출렁이는 것이 젖소가 된 것이나 다름없었다.

"또 무슨 짓을 한 것이냐? 왜 네놈 마음대로 일을 벌이냔 말이다!"

호위무사는 가슴이 찢어지는지 그 특유의 신음 소리로 끙끙거렸다.

풍천은 슬그머니 딴 곳을 바라보며 못 들은 척하고, 반대로 손약란은 더 재미난 구경거리가 생겨났다는 듯 왕유옥을 향해 손가락질을 하면서 깔깔거렸다.

누구는 울고, 누구는 신음하고, 또 다른 누군가는 펄쩍펄쩍 뛰고, 또 웃음을 터뜨리는 자도 있었다.

도유강은 손으로 이마를 짚었다.

이 인간들은 답이 안 나왔다. 인간이 맞는지도 의심스러울 지경이었다.

덩달아 흑룡방의 고수들과 명문세가의 자제들도 머리가 어떻게 돼버릴 것 같았다.

흑룡방의 무사들은 자신들이 어떤 위협도 되지 않는다는 것에 깊은 자괴감과 분노에 휩싸였고, 세가의 자제들은 그들대로 저런 미친 것들을 구하려고 이 험한 싸움을 시작했다는 것에 깊은 후회로 몸을 떨었다.

사실 네 젊은이는 풍천의 말대로 세가의 자제들이 맞았다.

남궁세가의 셋째 남궁연, 제갈세가의 둘째 제갈소명, 모용세가의 넷째 모용운천, 하북팽가의 세째 팽안록이었다.

이들은 나이도 생각도 비슷해 몇 년 전부터 의를 맺고, 최근 정도의 기치를 높이는 강호행 중이었다.

그 첫 번째 목표로 녹림을 정하고, 오태산으로 오게 된 것인데 뜻밖에도 흑룡방과 녹림 사이에 분쟁이 터진 것을 보고 은밀히 관찰하고 있었다.

서로 상쟁이 일어 양패구상이 된다면 목표했던 녹림은 물론이고, 흑도의 성향이 짙은 흑룡방까지 강호에서 사라지는 것이니 그 산증인이 되려고 했다.

오늘의 이 상황은 이제나저제나 은신하며 상황을 보던 중에 흑룡방의 고수들의 손에 헛되이 몇몇 목숨이 희생될 것이 안타까워 뛰쳐나온 것인데 응원은커녕 싸움의 결과조차 안중에도 없다는 듯 서로 고함만 질러대고 있으니 섣불리 나섰다는 후회가 물밀듯이 밀려들었다.

게다가 흑룡방 고수들의 무위는 결코 녹록치 않아 감히 승부를 장담하기도 어려운 상황이었다.

한편 도유강은 이 소란스러움에 한숨을 푹푹 내쉬었다.

풍천을 보고 있노라면 누가 주군이고 누가 수하인지 헷갈릴 지경이었다. 목이 터져라 고함을 지르고 명령을 내려도 이젠 존명 소리를 듣는 것도 점점 희박해지고 있었다.

십육대 마교 교주라면서, 정작 행하는 것을 보자면 마교 문지기 취급이었다.

그때 실질적인 마교 교주님께서 말씀하셨다.

"주군, 저치들이 하는 모양을 보건대 계속 지켜보다간 날이 저물 것 같습니다. 바로 산으로 오르도록 하시죠."

"네네, 그렇게 하시죠. 언제 내 말을 듣기나 하셨습니까?"

도유강이 비아냥거렸다.

풍천이 곧바로 무릎을 꿇었다.

"주군께 무례를 범했습니다."

"그럼 당장 왕 소저를 사람으로 만들어놓아라!"

"주군, 그녀는 주군의 소유물인 저를 모욕했습니다. 이는 주군을 모욕한 것과 다름이 없습니다. 부디 명을 거두어주십시오."

"휴우! 됐다, 이 새끼야!"

늘어나는 건 욕과 한숨뿐이었다.

"하해와 같은 성은에 감사드립니다."

일행은 곧바로 걸음을 옮겼다.

도유강은 흑룡방과 세가의 자제들이 싸우는 쪽은 쳐다보지도 않았다. 이미 머릿속이 터질 것 같아 병장기 부딪치는 소리조차 들리지 않은 지 오래였다.

풍천도 하등 관심이 없었기에 그저 묵묵히 걸음을 옮겼다.

왕유옥은 그야말로 싸우건 말건 갑자기 사람에서 짐승이 된 충격에 네 발로 길 뿐이었다.

호위무사는 안타까움에 끙끙거리기 바빴다.

아홉 명이 목숨을 걸고 싸우는 치열한 격전장은 그렇게 소외되어 갔다.

손약란이 일행 중 맨 뒤에서 걸으며 혈투가 벌어지는 곳을 향해 손을 흔들었다.

"이 새끼들아, 고생이 많다. 수고들 해라."

휘이이잉~

흑룡방의 다섯 고수와 명문세가의 자제들은 완전히 버림받았다.

第九章
최고의 은신법

　네 사람은 걸어서 올라가고, 한 사람은 울부짖으며 기어서
올라갔다.

　어릴 때 이후로 기어본 적이 없는 왕유옥은 그렇지 않아도
커다란 가슴을 멋대로 출렁였다.

　몸만 정상이어도 홀로 남거나 따로 길을 갈 텐데 상황이 상
황인만큼 그녀는 열심히 뒤를 따르고 있었다.

　한편 도유강은 머리가 복잡했다.

　녹림총채가 눈앞이라는 것도 내키지 않는데, 느닷없이 흑
룡방까지 끼어든 셈이니 돌아가는 모양새가 영 마음에 들지
않았다.

물론 풍천은 어떤 근심도 없어 보였다.

흑룡방이건 녹림이건 가로막으면 그냥 썰면 그만이지 않느냐는 자세였다.

도유강은 어처구니없게도 그 사실에 일말의 의심도 들지 않았다. 그러자 자신이 이제 슬슬 적응을 하고 있는 것은 아닌가 싶어 스스로 뺨을 한 대 후려치고 싶었다.

약 삼십여 장가량 나아갔을 때, 앞서 걷던 풍천이 걸음을 멈췄다.

풍천은 땅에 못 박힌 듯 미동도 없었다.

여느 때와 달리 무겁고 긴장된 분위기가 흘러 모두들 숨을 죽였다. 심지어 울부짖으며 기던 왕유옥도 입을 닫았다.

[무슨 일이냐?]

도유강이 전음으로 물었다.

[주군, 흑룡방의 숫자가 예상 외로 많습니다.]

[어느 정도로 짐작되느냐?]

[오백여 명에 가깝습니다.]

[흠, 녹림을 치려면 그 정도의 인원은 필요했겠지.]

[주군, 소인은 흑룡방을 멸할 수 있습니다.]

[그런데?]

[문제는 함께 움직일 시 주군께 위해가 가해질 소지가 있다는 점입니다. 자칫 귀하신 옥체가 상하실까 두렵습니다.]

[흠, 그럴 수도 있겠구나. 좋다. 본좌는 이곳에서 기다리겠

노라.]

풍천이 홀몸으로 대적하는 것과 지키면서 싸우는 것과는 천양지차가 날 것은 당연했다.

[주군, 감사합니다.]

도유강은 풍천이 돌아올 때까지 몸을 숨길 만한 곳이 있나 주변을 훑었다. 수풀이 높게 우거진 곳이 제법 보여 그중 어디라도 상관없을 것 같았다.

척척척!

주변을 둘러보던 도유강은 문득 이상한 소리가 나자 소리를 쫓았다.

풍천이 땅을 파고 있었다.

삽도 없이 손으로 파내는데, 손이 땅에 박혔다가 나올 때마다 구멍이 커져만 갔다. 전생에 채굴꾼이었나 싶을 정도의 솜씨였다.

그러나 그 솜씨에 감탄만 하고 있을 순 없었다.

[왜 떠나지 않고 땅을 파고 있는 것이냐?]

[주군의 안전이 제일 우선이기 때문입니다.]

[그러니까 왜 땅을 파냐고?]

도유강은 비록 전음이지만 역정을 냈다. 뭔가가 불안했다. 풍천이 하는 짓을 보면 아무 생각 없이 일을 벌이나 싶지만 실제로는 깊은 내막이 언제나 자리했었다.

[주군께서 제게 영감을 주셨습니다.]

[영감이라니?]

[일전에 손약란이 위장이 뒤틀려 일을 볼 때 주군께서 홀로 은신술을 익히시려고 땅에 숨은 적이 있으셨잖습니까?]

어떻게 그 일을 잊겠는가. 머리를 박고 수십여 차례나 복창을 했던 그 일을 말이다.

풍천이 전음을 이었다.

[소인은 그 감탄스런 귀계를 따라 하고자 하는 것입니다.]

[나를 묻겠다?]

도유강은 얼이 나가 버렸다.

[준비가 끝났습니다. 자, 어서 들어가시죠.]

그때 손약란이 다가와 뚱한 표정으로 물었다.

"이건 뭐예요?"

전음으로 이야기를 나눈 탓에 그녀는 전혀 상황을 파악하지 못하고 있었다. 그러다 도유강이 하얗게 질려 있는 것을 보고 주춤 뒷걸음질쳤다.

"난 죽기 싫어."

풍천이 환영처럼 움직여 손약란의 목을 움켜쥐었다.

"캐액!"

잠시 후,

방금까지 깊이 파였던 구덩이는 언제 구덩이가 있었냐 싶게 평평해져 있었다. 특이한 점이라면 흙 위로 대롱 네 개가 삐죽 솟아 있다는 것이다.

풍천이 낙엽과 잔풀을 흙 위에 덮었다.

탈탈!

손을 턴 풍천이 중얼거렸다.

"완벽해. 주군의 지혜를 따라 한다는 것이 이렇듯 뿌듯할 줄이야."

만족스러운 기색 속에서 풍천이 검을 뽑았다.

스릉!

"이제 가볼까!"

이내 풍천의 몸에서 스산한 살기가 줄기줄기 뿜어져 나왔다.

휙!

                    *   *   *

늑대 한 마리가 나무 위에 올라가 있었다.

오태산 아랫자락을 한눈에 볼 수 있는 위치이기도 했다.

늑대의 눈이 예리하게 빛나며 번뜩일 때, 그 곁으로 몸체가 작은 늑대가 다가왔다.

"광사, 어때?"

작은 몸체의 늑대가 물었다.

"별것 없어."

"뭐 하는 짓인지 모르겠군."

"무산칠귀가 오긴 오는 거야?"

"그렇지 않고서야 흑룡방 놈들이 산자락을 두른 채로 죽치고 있을 리 없잖아."

"무산칠귀가 도착하면 복잡해질 텐데."

두 늑대 가죽의 중년인은 녹림총채의 정찰대원으로 천웅과 광사였다.

두 사람의 임무는 흑룡방의 동태를 살피는 것으로, 지금까지는 지루한 시간이 이어지고 있었다. 그건 흑룡방이 산을 에워싸긴 했으나 모종의 정보에 의하면 흑룡방주와 친분이 있는 무산칠귀가 도움을 주기 위해 오태산으로 향하고 있다는 것이었다.

흑룡방은 무산칠귀를 기다리고, 녹림은 수많은 함정을 파놓고 그들이 산을 오르기만을 기다리는 형국!

이러다 보니 정찰대로서는 하염없이 관찰만 하는 시간이 흐르고 있었다.

"짜증나는군."

천웅이 인상을 찡그렸다.

저만치 흑룡방의 움직임이 훤히 보였다. 원수 같은 놈들을 멀거니 보고 있어야만 하다니. 그냥 바라보고 있어도 좋은 것은 '여자'로 족했다. 흑룡방도의 면상이 아니라!

"천웅, 무산칠귀의 대형 얼굴을 아나?"

"모르지."

"저길 봐."

광사가 손을 뻗어 한곳을 가리켰다.

천웅이 시선을 던졌다.

흑의무복을 걸친 자였다. 멀리서도 체구의 단단함이 느껴질 정도로 다부졌다.

흑의인은 장검을 빼들고 흑룡방 고수들 한가운데 떡하니 모습을 드러냈다. 그 위세가 자못 가볍지 않았다.

천웅은 입술을 깨물었다.

"제길, 무산칠귀가 왔군."

다른 누구를 상상할 수 없었다. 저토록 여유있게 흑룡방 한가운데 서 있는 것만으로도 설명이 필요가 없을 정도였다.

"올 것이 오고 말았군. 그래도 이렇게 빨리 도착할 줄은 몰랐는데……."

"곧바로 보고하는 게 좋겠군."

"아니, 아직. 나머지 여섯을 확인해야 해."

천웅과 광사는 다른 곳까지 훑으며 무산칠귀의 나머지를 찾으려 노력했다.

그때였다.

"헉!"

"뭐지?"

천웅과 광사는 동시에 경악성을 토해냈다.

정녕 눈으로 보고도 믿을 수 없는 광경이었다.

무산칠귀의 대형이 바로 앞에 서 있던 흑룡방 고수 셋을 토막 내버린 것이다.

천웅과 광사는 서로를 바라보며 입을 쩍 벌렸다.

대체 왜?

왜 지들끼리 싸우는데?

말은 하지 않아도 서로 무슨 말을 하는지 알아들었다.

의문을 접어두고 다시 시선을 흑의인에게 던졌다.

흑룡방 고수들이 벌떼같이 달려들었다. 끝이었다. 무산칠귀의 최후가 눈앞에 있었다.

그러나 천웅과 광사는 다시 한 번 눈을 부릅떠야 했다.

"말도 안 돼."

"이게… 무슨……."

흑룡방 고수들이 그 자리에서부터 도륙당하기 시작했다.

이건 대적이고 말고가 아니었다.

일방적인 도살! 그 이상도 그 이하도 아니었다. 추풍낙엽이란 표현조차 부족할 지경이었다.

불나방처럼 달려들던 흑룡방 고수들이 사태를 파악하고 사방으로 도주하기 시작했다. 그러나 그것도 여의치 않았다. 살아보겠다고 발악하는데도 분분히 목숨을 잃었다.

"피, 피해. 아, 제길……."

천웅이 주먹을 움켜쥐고 안타까운 탄식을 터뜨렸다. 도망칠 수 있었는데, 살아남을 수 있었는데 그만 흑룡방 고수 하나가 피를 뿌리며 죽어버린 것이다.

파악!

광사가 천웅의 뒤통수를 갈겼다.

"너 지금 뭐 하냐?"

"어? 아, 젠장. 저 지경이 되면 저절로 응원하게 되고 만단 말이야. 나도 내가 설마 흑룡방을 불쌍하게 여기게 될 줄 알았겠냐?"

광사도 후려치긴 했지만 사실 비슷한 생각을 했기에 더 이상 타박하지 않았다. 정말이지, 흑룡방은 안쓰러울 정도로 죽어가고 있었다. 아니, 이건 거의 멸망 수준이었다.

"저기, 저기 봐. 흑룡방주다."

천웅이 눈을 부릅떴다.

흑룡방주와 흑의인이 맞붙었다. 그러나 고작 십여 초가 지났을까. 흑룡방주가 정신없이 뒤통수를 보이며 도망치기 시작했다.

"흡!"

광사도 너무나 놀라 손으로 입을 틀어막았다.

흑룡방주는 살아보겠다고 혼신의 힘을 다해 날듯이 내달리고 있었다.

"……."

"……."

천웅과 광사가 입을 쩍 벌리고 말을 잃었다.

흑룡방주의 어깨 위에 얌전히 달려 있어야 할 것이 땅으로 떨어졌다.

"왜 무산칠귀의 대형이 흑룡방주를……."

"아니야. 무산칠귀가 아니야. 이건 너무나 압도적이야."

광사가 말을 자르고 단언했다.

천웅이 광사를 바라봤다.

"그럼… 우리 편이겠지?"

"그, 그, 그렇겠지."

"이 자식아, 왜 더듬거려. 무섭게."

"녹림에 호의를 가진 강호인이겠지. 총채주님의 친구 분일 수도 있고."

"분명히 그럴 거야."

"아무렴."

천웅과 광사는 스스로에게 최면을 걸 듯 그렇게 연신 중얼거렸다.

녹림의 적이면 안 된다. 반드시 아군이어야 했다. 무슨 일이 있어도!

천웅과 광사는 본채로 신형을 날렸다.

더 이상 살펴보는 것은 낭비였다.

＊　　　＊　　　＊

풍천의 대활약을 지켜본 것은 천웅과 광사만이 아니었다.

전광동자는 눈을 가늘게 뜨고 비릿하게 웃었다.

흑룡방은 강호십이방파 중 하나로, 방주 흑룡왕 성관추의 무위는 결코 가볍게 볼 수 없는 수준이었다. 그는 종남파의 장로 허유자와 겨루어 이백여 초 만에 무릎 꿇린 적도 있었다.

전광동자는 굵은 나무 기둥 위에 걸터앉아 있었다.

이제 흑룡방은 전멸 직전이었다.

흑룡방주도 이미 꼴사납게 도망치다 목이 잘려 나갔다. 역시 마교 소교주를 호위하는 자답다. 또한 역시 아수라천마님의 안배는 간단치 않은 것이었다.

그동안의 상황을 교주님께 보고하라고 보낸 혈표를 제외한 모든 수하를 잃고 홀로 남은 전광동자는 여의치 않을 경우, 풍천을 혼자 힘으로 죽이려고 기회를 엿보고 있는 참이었다.

문득 전광동자는 스스로에게 질문을 던졌다.

'만약 내가 흑룡방주를 상대한다면?'

죽일 수 있다는 답이 바로 튀어나왔다.

'하지만……'

단서가 따라붙었다.

족히 오백여 초는 지나야 한다. 최소로 잡아도 삼백여 초이고, 오십여 초 만에 죽이려면 옆구리에 구멍 하나 정도는 내

쥐야 하는 것이다. 그런데 저 괴물 같은 인간은 십여 초 만에 흑룡방주를 공포에 질리게 했고, 등을 돌려 전력으로 달아나는 것을 쫓아 저승으로 보내 버린 것이다.

"후후후. 훌륭하군, 훌륭해."

전광동자는 허리춤에 매달린 술 호리병을 들었다.

부들부들.

손이 제멋대로 떨었다.

여유로움을 애써 가장하려던 계획은 수포로 돌아갔다.

깔보며 몇 마디 지껄이면 마음도 안정될 줄 알았건만 대실패였다.

입술도 바싹바싹 탔다.

허리에서 입술까지 호리병을 가져가기가 이렇게 어려울 것이라곤 단 한 번도 생각해 본 적이 없건만 그런 일이 지금 일어나고 있었다.

전광동자는 가슴께까지 들었다가 너무 떨려 손을 내렸다가 올리기를 반복했다. 다섯 번 만에 간신히 왼손으로 오른팔을 붙잡고 술 한 모금을 들이켰다.

부들부들.

줄줄줄.

손이 떨리는 바람에 술이 절반이나 입 주위로 흘러내렸다.

호리병을 다시 허리께로 간신히 내렸다.

전광동자가 어색하게 웃으며 고개를 흔들었다.

"아하하! 아무래도 교주님이 날 죽일 작정이셨던 게지. 하하하! 그렇지 않고서야… 아하하하……!"

*　　　*　　　*

녹림왕은 호피를 두른 태사의에 앉아 있었다.

고슴도치의 가시처럼 돋아난 수염이 무성했고, 두 눈은 부리부리했다. 장대한 체구인 탓에 앉아 있음에도 보통 사람이 서 있는 키와 비슷할 정도였다.

등 뒤로는 거대한 도끼 두 자루가 팔(八) 자 형태로 걸려 있어 그의 위엄을 돋보이게 했다.

"으하하하, 곤혹을 치르고 있더란 말이렷다."

녹림왕 손무가 광소를 터뜨리며 기뻐했다.

그의 앞에는 각 방위에 배치된 정찰대 여섯이 부복하고 있었다. 천웅과 광사가 들어온 것이 바로 그때였다.

두 사람은 바로 한쪽 무릎을 꿇었다.

"천웅과 광사가 녹림왕께 보고드립니다."

"오, 그래. 말하라."

"한 귀인에 의해 흑룡방주가 죽음을 맞은 것을 확인했습니다. 아마 지금쯤 흑룡방은 한 놈도 남김없이 죽었을 것으로 사료됩니다."

천웅이 말했다.

이미 다른 정찰대의 보고를 받은 것임을 감안해 중요 사항만 전달했다.

"똑똑히 보았느냐?"

녹림왕 손무가 상체를 당기며 물었다.

"확실합니다. 흑룡방주는 목을 잃고 몸뚱이만 남았으니 대라신선이 손을 쓴다 해도 그가 다시 살아나는 일은 없을 것입니다."

"크하하하, 통쾌하구나. 흑룡방 따위가 녹림을 노린다는 것이 어불성설이었지."

"그렇습니다. 하오나… 속하는 안목이 부족하여 그 귀인이 어떤 분인지는 알 수 없었습니다."

"흑룡방주를 상대할 때 상황이 어떠했는지 듣고 싶다."

"맞선 것은 십 초 정도였습니다. 그 뒤 흑룡방주가 미친 듯이 달아났고, 귀인은 망설임없이 목을 쳐버렸습니다."

쏴아아아!

장내가 한순간 침묵에 빠졌다.

부채주 청뇌묘산과 수석 십령주 은염교, 수석 대주 공추상 등을 비롯한 모두가 완전히 얼음이 되어버렸다.

녹림왕도 일시 정지 상태에서 좀처럼 벗어나지 못했다.

그들의 머릿속에서 끊임없이 십 초라는 단어와 함께 흑룡방주가 도망치다 목이 잘려 나가는 장면이 무한히 반복되어 떠올랐다.

또한 동시에 뭇 녹림의 수뇌들의 머릿속으로는, 과연 녹림왕의 친우 중에 그만한 사람이 있는지를 빠르게 검색해 보고 있었지만 그들은 아무도 떠올릴 수가 없었다.

먼저 정신을 차린 것은 녹림왕이었다.

"크하하하하! 대면하면 바로 알 수 있을 일! 무엇보다 흑룡방을 대적한 자는 누구든 녹림의 친구다. 적이었다면 녹림과 흑룡방이 상쟁한 후를 노렸을 것이다. 흠, 이렇게 앉아 있을 수만은 없지. 녹림은 친구의 예로 그를 반겨야 할 것이다. 천웅과 광사는 들으라."

"명을 기다립니다."

천웅과 광사가 한목소리로 대답했다.

"즉시 내려가 극진한 예로 귀인이 불편하지 않도록 길을 안내하도록 하라."

                    *   *   *

흙으로 정교하게 빚은 사람 형상들이었다.

다른 하나는 짐승 형상이었다.

사람 조각이든 짐승 조각이든 입에 대롱이 물려 있었다.

풍천이 흙 조각상을 향해 지풍을 날렸다.

펑펑, 하는 소리와 함께 조각상의 가슴팍에서 흙가루가 날렸고, 조각상이 살아났다.

"풍천, 네 이놈!"

혈도가 풀리자마자 도유강이 발악하듯 외쳤다.

원독이 실린 눈을 하고 몸을 부르르 떨자, 흙이 우수수 떨어져 내렸다.

풍천이 바로 무릎을 꿇었다.

"주군, 흑룡방을 처리했습니다. 그동안 편한 은신처를 마련해 드리지 못한 점 죄송합니다."

"젠장, 젠장. 이게 무슨 꼬락서니냔 말이다."

머리카락 사이며, 옷 속으로도 흙이 잔뜩 들어가 꺼끌꺼끌한 것이 견딜 수 없을 만큼 찝찝했다.

"곧바로 존귀한 옥체를 씻으실 수 있도록 조치를 취하겠습니다."

"망할 놈! 다시 한 번 오늘과 같이 처신한다면 그땐 용서치 않을 것이다."

"명심하겠습니다."

명심은 개뿔! 도유강은 모질게 노려보고는 머리카락과 얼굴에 묻은 흙을 털어냈다.

바로 뒤이어 손약란이 뾰족하게 외쳤다.

"풍천~ 네 이년!"

풍천이 순식간에 손약란의 목줄기를 잡았다.

손약란이 두 발이 뜬 채로 버둥거렸다.

"캐액! 풍천님⋯ 저기요. 그냥 불러본 건데요."

"다시 한 번 주군을 따라 하면 죽을 줄 알아라."

"캐애액! 그, 그럽지요."

풍천이 손을 놓자, 손약란이 허리를 구부리고 목을 매만지며 사레들린 듯 연신 캑캑거렸다.

손약란이 이 지경이니 왕유옥은 끽소리도 제대로 내지 못하고 그저 네 발로 서 있기만 했다. 호위무사는 끙끙거리지도 못했다.

대충 흙을 털어낸 뒤, 일행은 산을 오르기 시작했다.

얼마 못 가 풍천이 걸음을 멈췄다.

"주군, 누군가 오고 있습니다."

도유강이 흠칫 어깨를 떨었다.

그러다 불쑥 아까 일이 생각나 고함을 내질렀다.

"또 땅을 팠다간 죽을 줄 알아라!"

"그럴 필요는 없을 것 같습니다."

풍천이 고요히 대답했다.

잠시 후 일행 앞에 천웅과 광사가 모습을 드러냈다.

두 사람은 풍천 앞에 서서 공손히 허리를 숙였다.

"저희는 귀인을 영접하라는 녹림왕의 분부를 받았습니다. 뒤에 계신 분들은 포로신지요?"

천웅과 광사는 도유강 등의 꼬락서니가 하나같이 흙으로 뒤덮여 엉망진창이고, 심지어 다른 한 명은 네 발로 기기까지 하는 것을 보고 당연히 포로나 노예일 것이라고 생각했다.

“천웅, 광사! 주소가 틀렸잖아, 이 새끼들아!”

손약란이었다.

천웅과 광사는 포로 중 하나가 자신들의 이름을 정확히 말하자 어리둥절한 표정으로 손약란을 바라봤다.

손약란이 실실거렸다.

“눈깔은 멋으로 달고 다니냐?”

그제야 천웅과 광사가 ‘아!’ 하고 탄성을 터뜨렸다.

“아가씨?”

의문형이었지만 사실 확신에 가까웠다. 흙 범벅인 모습으로야 분별이 힘들었지만 특유의 욕설이 실린 목소리는 다른 사람일 수가 없었다.

“그런데 아가씨께서 왜 이곳에 계신 겁니까?”

광사가 물었다.

손약란이 입을 가리고 웃었다.

“호호호호! 나 이래 봬도 인질이야.”

“네?”

천웅과 광사가 깜짝 놀라 뒤로 펄쩍 뛰어 물러났다.

“무슨 말씀이십니까? 저분께서 흑룡방을 궤멸시켰습니다만…….”

그때 풍천이 도유강을 향해 나직이 입을 열었다.

“주군, 저 두 놈의 눈알을 뽑아버려야겠습니다.”

도유강이 버럭 성을 냈다.

"무슨 소리냐!"

"지존은 언제나 위대하고 완벽한 모습만 드러내야 합니다. 저들은 주군의 허물을 보고 말았습니다."

"네놈 때문에 이 몰골이 된 것을 지금 누굴 탓하겠다는 것이냐!"

풍천이 흠칫 몸을 떨었다. 그 생각까지는 못했다는 얼굴이다.

그러나 진정 놀란 사람은 따로 있었다.

천웅과 광사는 이를 악물었다.

귀인이라고 생각했던 이는 고작 한 명의 수하에 불과했던 것이다. 아가씨 말대로 주소가 틀린 것이다.

그러나 그런 사실을 파악하고 나자, 두 사람의 머리는 더욱 더 복잡해졌다.

왜 주군이란 자와 인질이라는 아가씨가 똑같이 흙투성이이고, 녹림을 대적한 흑룡방을 쓸어버린 귀인은 왜 느닷없이 자신들의 눈알을 뽑으려 한단 말인가. 어느 것 하나 이해할 수가 없어 현기증이 날 지경이었다.

마음 같아서는 도망가고 싶었지만 그건 결코 좋은 선택이 아니라는 것을 두 사람은 누구보다 잘 알고 있었다.

도주하던 흑룡방주조차 단호히 응징되고 말았으니까.

그때 풍천이 말했다.

"너희 둘!"

천웅과 광사가 움찔거렸다.

손약란이 재빠르게 끼어들었다.

"오호! 눈 뽑아버리는구나."

풍천이 말을 이었다.

"뒤돌아보면 죽는다. 길을 안내하라."

눈이 뽑히지 않는 것만도 다행인지라 천웅과 광사는 돌아서서 목을 고정하고 걸었다. 아가씨야 원래부터 그랬으니 크게 서운한 점은 없었다.

치명적인 적을 안내하는 것이 마음에 걸렸지만 자신들이 반항한다고 찾지 못할 사람 같지도 않았다. 게다가 아가씨라는 최고급 인질, 최고급 안내자가 이미 확보되어 있지 않은가.

얼마 지나지 않아 한줄기 미풍이 일행을 스치고 지나갔다.

손약란이 코를 틀어막았다.

"이거 피비린내잖아."

도유강도 인상을 찡그렸다.

생선 비린내 따위가 아닌, 명백한 혈향이었다.

"풍천, 무슨 짓을 한 것이냐? 설마 너?"

"흑룡방이 워낙 격하게 반항하는지라 어쩔 수 없었습니다. 그들은 명성에 걸맞게 보통 놈들이 아니었습니다."

앞서 걷던 천웅과 광사가 어깨를 부르르 떨었다.

거센 반항?

흑룡방도들은 서로 먼저 도망치기에 바빴다. 살려달라고 비명을 지르는 자들도 한둘이 아니었다. 심지어 흑룡방주도 도망치다 목이 달아나지 않았던가.

천웅과 광사는 무슨 까닭으로 저따위 괴상한 변명을 하는지 떨리는 마음으로 다음 말을 기다렸다.

"그래서 몇이나 죽였단 말이냐?"

"처음엔 겁만 주려고 했습니다. 하지만 그들은 목숨을 초개와 같이 여기는 자들이었습니다. 죽음만이 그들을 멈출 수 있는 유일한 길이었습니다. 심지어 흑룡방주는 목이 달아났음에도 오십여 초나 더 공격을 감행할 정도였습니다. 소인은 그들을 죽이는 것만이 그들이 지닌 무인의 정신을 인정하는 것이라 생각했습니다."

천웅과 광사는 이제 있는 힘껏 이를 악물었다.

이빨이 모조리 부서질지도 모를 일이었지만 지금 그딴 것을 걱정할 때가 아니었다.

저렇게 태연자약 거짓말을 하는 것도 문제였고, 정말 기억하지 못하는 것일 수도 있었다. 둘 중 어느 것이라 할지라도 녹림의 위기였다. 절세고수이면서 동시에 완전히 미쳐 버린 자가 지금 녹림으로 향하고 있는 것이다.

"흐음, 흑룡방이 그 정도였던가. 놀랍군."

도유강으로서는 이 강호인들의 생리를 근래 들어 절실히 체험하고 있는 중이었다. 이들은 극한의 수련을 하는 만큼 죽음도 불사하는 자들이었다.

"주군, 그렇습니다."

"그렇다면 어쩔 수 없었겠구나."

천웅과 광사가 부들거리며 서로를 바라봤다.

그들은 차마 입을 못 열고 눈으로 대화를 나누었다.

'저놈! 믿고 있어!'

'저놈도 이상해!'

빠른 길을 택해 나아갔기에 시체는 몇 구 맞닥뜨리지 않았다. 천웅과 광사가 괜한 말이 나올 것을 감안해 적절히 인도한 것도 한몫을 했다.

본채의 입구에 이르렀을 때, 녹림왕과 수뇌부는 이미 마중 나와 있었다.

녹림왕 손무가 활짝 웃는 낯으로 팔을 벌려 맞았다.

"환영하외다. 강호의 의기는 살아 있⋯⋯."

녹림왕은 더 이상 말을 잇지 못했다.

"꿇어라!"

풍천이 산이 떠나갈 정도로 소리쳤다.

미소를 머금고 있던 녹림왕과 녹림도들의 얼굴이 그대로 굳어버렸다.

다시 한 번 녹림왕이 미소를 지으며 팔을 활짝 벌렸다.

"환영하외⋯⋯."

"꿇어!"

풍천이 다시 고함쳤다.

녹림왕의 아량도 거기까지였다.

"흑룡방을 물리친 것은 고마우나 이곳은 녹림이다. 네가 살고 싶지 않은 모양이로구나."

스릉!

풍천이 검을 뽑았다.

녹림왕과 녹림도가 일제히 한 걸음 물러섰다.

풍천이 검날을 손약란의 목에 겨누었다.

흙투성이 손약란이 '히익!' 하고 소리를 내고는 손을 번쩍 들었다.

녹림왕은 이해할 수 없다는 듯 고개를 갸우뚱거렸다.

그때 손약란이 손을 흔들었다.

"아버지! 얼른 무릎이나 꿇어! 사랑하는 딸을 죽일 작정은 아니지?"

"너, 넌 누구냐?"

"약란이지 누구야. 한백산도 싹 털렸어. 이놈, 제정신이 아니어도 아버지가 딸자식을 끔찍이 아낀다는 것 정도는 알고 있거든. 그러니까 시간 끌지 말고 빨리 무릎 꿇고 눈이나 감아."

풍천이 이번엔 왕유옥을 끌어다 손약란 옆에 서게 했다.

녹림왕의 눈은 또다시 의문에 빠졌다.

도유강도 인상을 찡그리며 바라보다 왜 왕유옥을 끌어다 두는지 몰라 힐끗 풍천을 바라봤다.

네 발로 선 왕유옥이 고개를 쳐들고 말했다.

"손 가가, 유옥이도 왔어요."

녹림왕이 순간 비틀거렸다.

도유강도 짧게 경악성을 토하고 왕유옥과 녹림왕을 번갈아봤다.

'사랑은 역경을 넘는다는 게… 그럼… 녹림왕?

그러나 그 무엇보다 충격은 왕유옥의 쓰임새조차 풍천이 미리 간파하고 있었다는 점이다. 죽이거나 모른 척하지 않고 동승하게 한 이유조차 풍천은 명확했던 것이다.

풍천이 다시 외쳤다.

"꿇으라고 했을 텐데!"

第十章
천하를 제패할 기세

전전
궁궁
마교교주

거의 사백여 명에 달하는 녹림도가 무릎을 꿇고 있었다.

녹림왕이 제일 앞에서 무릎을 꿇고 있으니 어느 누구라도 서 있을 수 없는 노릇이었다.

그 비굴함 속에 녹림왕은 머리가 돌아버릴 지경이었다.

흑룡방이라는 늑대를 만나 양패구상하겠구나 생각했더니 난데없이 호랑이를 만난 격이었다.

호랑이는 지독하고 교활했다.

멀리 한백산에서부터 딸을 끌고 왔고, 사랑의 정인도 짐승처럼 몰고 왔다. 그 정인은 십 년 전에 사별한 뒤 찾아온 새로운 사랑이었다.

녹림을 통째로 집어삼키겠다는 것이라고밖에는 해석 불가
였다. 그러나 더욱 화가 치미는 것은 이 상황이 고작 단 두 놈
에 의해 자행되고 있다는 사실이었다.

녹림왕은 이 상황을 타개할 묘수가 없을까 싶어 좌측으로
고개를 돌렸다.

몸보다 머리 쓰길 좋아하고, 좋아한 만큼 상당한 두뇌를 지
닌 부채주 청뇌묘산이 보였다.

그는 턱을 어루만지며 심각한 표정을 짓고 있었다. 청뇌묘
산이 저런 표정을 짓고 있을 때는 뾰족한 수가 없는 경우였기
에 물을 필요도 없었다.

녹림왕은 우측을 돌아봤다.

눈에 넣어도 아프지 않을 딸이 흙투성이인 채로 시선을 마
주쳤다.

"대체 덩치 좋은 촌놈하고 어린 애송이는 누구냐?"

두 놈은 뭘 하는지 아직 안에서 나오지 않고 있었다.

"나도 몰라."

손약란이 대수롭지 않게 대답했다.

녹림왕의 눈썹이 바로 역팔 자가 되었다.

"저도 모르겠어요, 라고 해야지. 도대체 말투는 언제쯤 고
칠 참이냐!"

손약란이 손사래를 쳤다.

"아버지도 참, 이 판국에 무슨 훈계야. 그나저나 아버지,

그 촌놈을 각별히 조심해야 돼. 풍천이라고 하는 놈인데, 뭐 그게 이름인지 별호인지는 모르겠어. 그딴 건 어찌 됐든 간에 말이야, 그놈은 완전 돌아버린 놈이거든. 나도 살 만큼 살았고 상식적인 인간인데, 그 인간은 아예 상식이 안 통하고 그리 무식한 놈은 처음 봤어. 그러니까 그냥 시키면 시키는 대로 해야 돼. 안 그럼 흑룡방처럼 다 죽어.”

“흐음, 젊은 놈은?”

“이름이 유강이야. 그놈도 이상한 놈 맞아. 뭔가 숨기고 있는 것 같긴 한데 정확히 뭔지는 모르겠어. 가끔 순진한 척하는데 거기에 속아 넘어가면 곤란해. 그놈 때문에 내가 똥도 두 번이나 쌌다니까.”

“무슨 말도 안 되는 소리냐? 똥 싸는데 ‘때문에’가 왜 들어가?”

“그런 일이 있었어. 말하고 싶지 않아. 누구에게라도 떠올리기 싫은 추억 하나쯤은 있는 거잖아?”

“처신을 도대체 어떻게 하고 다니는 것이냐?”

“그 이야긴 그만 해. 중요한 이야기가 있어. 오는 길에 이상한 일이 있었어.”

“무슨?”

“유강을 죽이려는 암살 시도가 있었어. 암살자들의 실력이 보통이 아니었어. 근데 그놈들이 목숨을 술안주 정도로 생각하더라고. 수틀리면 그냥 막 자결해 버리는 거 있지.”

“흠, 네 말만 가지고는 도통 짐작이 가질 않는구나.”

“짐작이고 나발이고 뭔 소용이야. 내 말의 요지는 그냥 고분고분하기만 하면 된단 말씀이야.”

“네가 볼 때 이 아비와 녹림십령주가 힘을 합쳐 전심전력으로 맞선다면 승산은 어느 정도라고 생각하느냐?”

“아버님!”

손약란이 정중히 불렀다.

“왜?”

“미치셨어요?”

녹림왕이 눈을 부릅떴다.

“이놈이!”

“아버지, 생각해 봐. 흑룡방이 어디 조막만 한 무관인 줄 아는 거여요? 흑룡왕이 동네 건달인 줄 아냐고요?”

“끙.”

녹림왕이 옅게 신음성을 발했다.

듣기 싫은 말이었지만 인정하지 않을 수 없었다.

흑룡방은 결코 허약한 방파가 아니었다. 상대해야 할 자는 그런 흑룡방을 눈 깜짝할 사이에 지워 버린 인간이었다.

깊은 절망 속에 무거워져만 가는 마음을 추스를 때, 문득 누군가의 시선이 느껴졌다.

고개를 돌려보니 두 줄 뒤쪽에 엉거주춤 한 사람이 뜨거운 눈길을 보내고 있었다. 인간이면서도 짐승처럼 네 발로 선 인간, 왕유옥이었다.

녹림왕은 연민과 분노를 동시에 느꼈다.

"그런데 왕 소저는 어떻게 함께 오게 되었느냐?"

녹림왕이 물었다.

손약란이 대충 요지만 추려 설명했다. 그러나 곧바로 표독스럽게 눈을 빛냈다.

"아버지, 아까 왕유옥이 가가라고 부르던데 무슨 뜻이야?"

녹림왕이 헛기침을 했다.

"네 어미가 저 세상으로 떠난 지도 꽤 되었지 않느냐."

"나랑 고작 세 살 차이나는 저 젖소하고 혼인할 생각이란 말이야?"

"젖소라니, 말조심해라."

"미안. 암소하고 정말 사랑에 빠진 거야?"

"어허!"

막 한소리 하려던 녹림왕이 새로운 광경에 눈을 부릅떴다.

"저, 저 새끼가……."

풍천이 호피를 두른 태사의를 들고 나오고 있었다.

호피 태사의는 녹림왕의 상징이었고, 녹림왕 손무가 가장 아끼는 보물이기도 했다. 태사의에 앉아 있을 때면 천하가 자신의 손아귀에 들어온 기분이 들곤 하는 것이다.

풍천이 의자를 이렇게도 놔보고 저렇게도 놔보고 했다.

그러더니 결국 한 지점에 내려놓고는 만족스럽게 고개를

끄덕였다.

"아버지, 지금 의자 따위에 연연할 때가 아니야. 정신 바짝 차려."

손약란이 혹시라도 발작할까 봐 얼른 충고를 던졌다.

하지만 태사의를 바라보는 녹림왕의 두 눈엔 불길이 이글거리며 타올랐다.

곧이어 도유강이 정갈하게 목욕을 했는지, 옷도 비단옷으로 갈아입고 천천히 걸어나왔다.

녹림왕은 이번엔 도유강의 얼굴을 뚫어버리겠다는 듯 바라봤다.

흙투성이일 때와는 완연히 달라져 있었다.

그저 그런 청년쯤으로 생각했는데, 몸짓 하나하나가 기묘한 기품이 서려 있고 고귀한 기운이 흘렀다. 영준한 외모 속에 눈은 날카롭고, 입술엔 고집스러움이 엿보였다.

어떤 면에선 세상만사를 하찮게 여기는 염세적인 분위기도 풍기고 있었다.

그 분위기에 흑룡방이 일거에 몰살당한 것을 대입해 보니 녹림 따위는 안중에도 없고, 가히 천하라도 제패할 기세였다.

그렇게 녹림왕이 도유강을 보며 자존심에 상처를 입을 때, 도유강은 사실 도유강대로 짜증이 있는 대로 솟구치고 있었다.

수백에 이르는 녹림도가 눈앞에 있다.

그 자체만으로 이게 뭔가 싶었다.

태어나 보니 아버지가 마교 교주였다.

그래서 마교의 소교주가 되었다.

또 달리는 마차에서 내려보니 녹림이 접수되었다.

물론 중간에 땅에 생매장되기도 했지만 말이다.

그때 풍천이 나직이 말했다.

“주군, 자리를 마련해 두었습니다. 보좌에 앉으십시오.”

도유강은 태사의를 노려볼 뿐 꿈쩍도 하지 않았다.

그 모습을 보며 녹림왕은 속에서 천불이 났다.

‘저 어린놈이 해도 해도 너무하는군. 녹림의 태사의 정도는 앉을 가치조차 없다는 것이냐!’

앉아도 화가 났겠지만 앉지 않으니 극심한 모욕을 당한 느낌이었다.

좌측에서 청뇌묘산이 옅은 소리지만 비통에 찬 목소리로 중얼거렸다.

“저 새끼가 감히…….”

같은 생각이리라.

녹림왕은 청뇌묘산뿐 아니라 전 녹림도들이 분노하는 것을 느낄 수 있었다. 도대체 얼마나 대단한 인간이기에 녹림왕의 보좌를 벌레 보듯 하며 앉지조차 않는단 말인가.

풍천이 다시 말했다.

“주군, 앉으시지요.”

도유강이 신경질적으로 풍천을 노려봤다.

즉시 풍천이 고개를 숙이고 대답했다.

"알겠습니다."

도유강이 미간을 찡그렸다.

알겠다니, 뭘?

녹림왕도 의문에 차서 풍천과 도유강을 번갈아 노려봤다. 알겠다고 했으니 어린놈이 전음으로 의사를 전달했으리라 짐작했고, 무슨 뜻을 전달했는지 궁금했다.

풍천이 태사의를 들어 올렸다.

녹림왕이 눈을 동그랗게 뜨고 '어? 어?' 했다.

풍천이 그대로 태사의를 땅에 꽂아버렸다.

꽈작!

태사의가 산산이 부서졌다.

풍천은 거기에서 그치지 않고 의자를 감싸고 있던 호피를 갈기갈기 찢어버렸다.

순간 뒤쪽에서 신형이 튀어 올랐다.

"네놈을 용서치 않겠다!"

찰나적이었지만 녹림왕은 십령주 중 수석 십령주인 은염교임을 알아봤다. 녹림 서열 삼위인 은염교는 평소 불같은 성정의 소유자로 참을성이 선천적으로 결여된 인간이었다.

이 순간 녹림왕은 은염교가 자랑스러웠다.

등을 보이고 있던 풍천은 은염교의 도끼에 등짝이 갈라지기 직전이었다.

'적중이다!'

녹림왕은 속으로 쾌재를 불렀다.

부상을 당하기라도 하면 상황은 백팔십도로 달라지는 것이다. 녹림왕은 자신도 출수할 준비를 했다.

은염교의 도끼가 풍천의 등에 꽂혔다.

텅!

'텅?'

처억, 하고 도끼가 살을 파고드는 소리여야 했다.

거의 동시에 벌떡 일어서려던 녹림왕은 누군가 팔을 끌어당기는 것에 재빨리 몸을 움츠렸다.

[아버지!]

손약란이 전음으로 말했다.

손약란이 짐짓 심각한 표정으로 고개를 내저었다.

그건 마치, '소용없어. 개죽음당해' 라고 말하는 것 같았다.

십분 동감이었다. 녹림왕은 바로 원래 자세로 돌아와 무릎을 꿇었다.

그때 이심전심으로 뒤이은 타격을 가하려 십령주는 모두 몸을 일으킨 상태였다. 그중에서도 세 명은 성미 급하게도 이미 풍천 곁으로 튀어나가 병기를 빼든 상황이었고, 텅 소리와 함께 얼음이 되어 있었다.

도끼로 찍어 내린 은염교는 진작에 조각상이 되어 있었다.

혈색조차 보이지 않아 인간 박제처럼도 보였다.

풍천이 은염교를 돌아봤다.

"뭐냐?"

은염교가 식은땀을 마구 쏟았다.

"뭐냐고 물었다. 사람을 불렀으면 말을 해야 할 것 아니냐?"

은염교가 눈을 깜박거렸다. 그러다 재빨리 말했다.

"의자를 바꿔 드리고 싶어 견딜 수가 없었습니다."

풍천이 은염교 뒤에 갑자기 등장한 세 사람에게로 시선을 돌렸다.

"너희도?"

십령주 중 셋이 정신없이 고개를 끄덕였다.

풍천이 흡족한 듯 웃었다.

"다녀오라."

그러면서 은염교를 향해 한 손을 내밀었다.

은염교가 얌전히 애병인 도끼를 건넸다.

풍천이 도끼를 허공에 대고 휘둘렀다.

붕붕, 하고 위협적인 소리가 났다.

"만약 주군께서 마음에 들지 않으시면 너희 넷을 이 도끼로 찍어버리겠다. 제대로 골라 와야 할 것이다."

은염교 등이 눈부신 속도로 사라졌다.

녹림왕은 꿀꺽 마른침을 삼켰다.

도끼가 안 박혔다!

부딪칠 때 나던 음향도 낯설기 그지없었다.

텅이라니!

녹림왕이 이 사태를 어찌 이해해야 좋을지 몰라 청뇌묘산을 바라봤다.

방금 전까지 분노한 눈으로 '이 새끼가 감히…' 라고 중얼거렸던 청뇌묘산이 언제 분노를 품었냐는 듯 얌전히 무릎을 꿇은 채로 턱을 어루만지고 있었다.

녹림왕은 콱 패버리고 싶었다.

그때 은염교 등이 의자를 하나씩 들고 미친 듯이 달려오는 소리가 들렸다. 그중 은염교는 곰 가죽 한 벌까지 챙겼는지 갈색의 가죽을 들고 있었다. 보고(寶庫)에 다녀온 것이 틀림없었다.

녹림왕이 '허허' 하고 바람 빠진 소리를 냈다.

보고에 다녀와서도, 의자를 들고 와서도 아니었다. 아끼는 수하들이 죽어 나가는 것은 그도 바라지 않았다.

문제는 네 놈의 경공술이었다. 그는 십령주의 경공술이 이토록 신묘하리만치 재빠른지 처음 알았다. 그야말로 전광석화였다. 그동안 무공을 숨기고 있었나 하는 의심까지 들 지경이었다.

네 개의 의자가 놓였다.

풍천은 그중 가장 쓸 만한 것을 하나 골라 자리에 놓고, 곰 가죽을 걸쳤다.

"주군, 앉으시지요."

도유강이 팔짱을 끼고 혀로 입천장을 어르며 풍천을 바라봤다.

당장 은염교 등의 안색이 흙빛이 되었다. '죽어버려'라는 글자가 얼굴에 새겨진 듯 공포로 얼굴이 완전히 점령되어 버렸다.

풍천은 서서히 도끼를 들어 올렸다.

녹림왕은 애가 타 견딜 수가 없었다. 나서자니 흑룡방주의 꼴이 날 것 같고, 보고 있자니 수하의 죽음을 방관할 수밖에 없는 비굴함 속에 젖어 있어야 한다.

약란의 말이 맞았다. 젊은 놈도 이상한데다 성질머리가 여간 더러운 것이 아니었다. 약란이 똥을 두 번이나 쌌다는 것도 정확한 사정은 모르겠지만 그만 이해가 되고 말았다.

이건 의자 때문에 까다롭게 구는 것이 아니라 원래 고약한 성질을 지녀 시범조로 몇 놈을 도끼로 토막 내려는 것이 틀림없었다.

녹림왕과 전 녹림도가 애간장이 타는 눈빛으로 도유강만 바라봤다.

'이 새끼야, 어지간히 좀 하고 앉아라, 제발.'

그런 염원이 모두의 눈에 담겨 있었다. 정녕 녹림도의 눈빛이라고는 믿을 수 없을 만큼 별빛이 찰랑이듯 일렁거렸다.

도유강은 속으로 깊은 한숨을 내쉬었다.

'에휴… 망할 놈. 내가 앉는다, 앉아.'

눈앞에서 도끼로 살과 뼈가 부서지는 것을 보고 싶지 않았다. 한낱 의자 때문에 애꿎은 사람들이 죽어 나간다는 것도 말이 안 되는 일이었다. 사람은 누구나 그럴싸한 죽음을 맞아야 했다. 무덤 비석에 '의자를 잘못 골라 모월 모시에 사망하다' 라는 문구를 적어 넣게 할 수는 없었다.

도유강이 느릿하게 새 의자에 앉았다.

가죽 특유의 냄새가 퀴퀴하게 풍겨났다.

은염교와 세 명의 십령주가 그동안 숨 쉬는 것도 잊고 있었는지, '후우' 하고 숨을 토해냈다.

녹림왕과 녹림도도 한꺼번에 안도의 한숨을 내쉬었다.

한숨 소리란 원래 거의 들릴 듯 말 듯한 것인데도 한꺼번에 쏟아져 나오자 입체적인 음향으로 산채에 울려 퍼졌다. 한줄기 바람이 부는 소리와도 비슷할 정도였다.

한숨이 끝난 뒤에도 모두의 시선은 여전히 도유강에게로 집중되었다.

정확히는 도유강의 입이었다.

도유강은 입술이 빠르게 말라가는 것을 느꼈다.

자리에 앉긴 했으니 무슨 말인가는 해야겠는데, 이 험악한 산적 놈들에게 마땅히 할 말이 생각나지 않았다. 일단 화통하게 웃고 시작해야 할지, 아니면 씨익 비웃고 시작해야 할지 알 수가 없었다.

입술만 달싹였다.

녹림도들이 초조하게 바라보다 엉겁결에 도유강의 입모양을 따라 하며 벙긋거렸다.

풍천이 바로 머리를 조아렸다.

"네, 알겠습니다."

아까부터 독심술을 발휘하기 시작한 풍천이 녹림도들을 향해 돌아서더니 크게 외쳤다.

"주군께서 목이 마르시다! 물을 가져오라!"

뒤쪽에 있던 몇 놈이 빠르게 튀어나갔다.

도유강은 어처구니가 없어 그만 풍천을 보며 웃고 말았다.

풍천이 약간 쑥스러운 표정을 지었다. 주군의 마음을 헤아린 것이 자랑스럽고 또 한편으로 부끄럽기도 한 얼굴이었다.

냉수가 급히 배달되었다. 단번에 마셔 버렸다. 뱃속이 한순간에 시원하게 관통되었다.

그러나 상황은 여전히 달라진 것이 없었다. 도유강이 답답한 마음에 손으로 이마를 짚었다.

풍천이 다시 입을 열었다.

"주군께서 명을 내리셨다."

도유강이 눈을 부릅떴다.

'내가 언제? 이 새끼가 정말 보자 보자 하니까!'

녹림도들이 바싹 긴장했다.

풍천은 이미 녹림도들을 향해 입을 열고 있었다.

"첫째, 흑룡방도들의 시체를 흔적도 없이 매장하라는 명이시다. 흑룡방은 이곳에 오지 않았다. 둘째, 녹림은 평소처럼 행동하라 하셨다. 그리고 혹시라도 너희 중 단 한 명이라도 도주할 시 모조리 죽이라는 특별한 지시가 있었다. 너희는 살아남기 위해서라도 서로를 철저히 감시해야 할 것이다. 셋째, 최고 실력의 요리사를 산채로 데려오라 하신다. 너희는 당장 실행에 옮겨야 할 것이다."

도유강은 더 이상 참을 수 없었다. 곧바로 자리를 박차고 일어났다.

"풍천!"

이젠 한계다. 꼬박꼬박 주군이라고 하면서 실상은 허수아비처럼 세워두고 제 놈이 멋대로 엉터리 같은 소리를 늘어놓고 있었다.

풍천이 바로 한쪽 무릎을 꿇고 부복했다.

"네, 주군."

"이 건방진 놈!"

도유강이 의자를 들어 풍천을 찍어버렸다.

꽈작!

의자가 풍천의 머리에 부딪쳐 산산이 부서졌다.

"이게 네놈이 말하는 지존의 길이고, 주군에 대한 예의냐! 똑바로 못해!"

녹림왕을 위시한 녹림도들이 입을 쩍 벌렸다.

뭘 어쨌는데?

뭐가 어떻게 돌아가는지 하나도 이해할 수가 없었다.

모두는 젊은 놈이 성격파탄자라고 확신했다. 제가 전음으로 명령을 내려놓고, 또 예의를 지키지 않는다고 의자로 머리를 찍어버린 것이다. 아무리 생각해 봐도 풍천이라는 절세적인 고수가 잘못한 것은 없었다. 강호에 대재앙이 불어 닥치는 서막처럼 보였다. 광기와 마성에 젖은 악마의 별이 천하를 제패할 목적으로 출현한 것이다.

풍천이 눈을 붕어처럼 끔벅이다 천천히 옆으로 쓰러졌다.

풀썩!

그때였다.

"흑룡방이다!"

한 목소리가 산채를 뒤흔들었다.

전 녹림도가 뒤돌아봤다. 쓰러진 척 넘어졌던 풍천도 발작하듯 몸을 일으켰다.

목소리의 임자는 흉터눈이었다. 그 곁으로 네 명의 흑의인이 서 있었다.

그들이 이곳에 도착한 사정은 이러했다.

세가의 네 자제와 승부를 끝내 맺지 못하여 본대로 가서 보고하려고 했다. 그러다 동료들의 시체를 발견하고는 녹림 접수가 시작되었고, 지금쯤이면 상황이 끝났을 것이라고 생각해 산채로 날듯이 달려온 것이었다.

"녹림은 순순히 투항……."

흉터눈이 말을 채 끝내기도 전에 녹림도들이 일제히 병기를 꺼내 들고 일어섰다. 그렇지 않아도 분풀이할 곳이 필요하던 차였다.

흑룡방의 유일한 생존자 다섯의 얼굴이 분을 바른 듯 하얗게 질려 버렸다.

녹림도들이 한목소리로 외치며 달려들었다.

"죽여~!"

第十一章
동분서주 녹림

전전궁궁
마교교주

해가 질 무렵, 세가의 네 기재는 주루에 앉아 있었다.

"흉터눈을 꼭 죽이고 싶었는데 분하군."

한 잔 술을 털어 넣으며 남궁연이 말했다.

결국 흑룡방의 고수들과는 승부를 결하지 못했다. 그저 지루한 싸움 끝에 이심전심으로 손을 거두고, 흑룡방은 흑룡방대로 떠나고, 네 사람은 존재가 노출되어 오태산을 내려올 수밖에 없었다.

모용운천이 빈 잔에 술을 채워주며 말을 받았다.

"난 그보다 그 다섯 사람이 어떤 자들인지 궁금해. 그 사람들은 짜임새가 아주 독특했잖아."

팽안록이 웃음을 터뜨렸다.

"하하하, 모용 형도 내 생각과 비슷했나 보네. 가슴이 엄청난 여자는 목이 돌아간 장애인에 또 한 여자는 세상에 둘도 없는 미인임에도 건달 말투고 말이지."

가만히 듣고 있던 제갈소명이 고개를 설레설레 저었다.

"거기에 촌놈같이 생긴 자와 가슴을 움켜쥔 안색이 창백한 중년인까지. 그뿐인가. 그 무리에 전혀 어울리지 않는 기품을 지닌 젊은 청년이라니. 눈빛이 예사롭지 않던데… 안타깝군. 지금쯤 사지로 걸어 들어갔으니 죽고 말았겠군."

"그렇겠지."

남궁연이 말했다.

그가 세 사람을 쭉 훑어보며 말을 이었다.

"그런데 말이야. 우린 무엇 때문에 싸운 거지?"

그 말에 세 사람이 크큭거리며 웃었다.

"이 새끼들아, 고생이 많다. 수고들 해라."

떠나는 그들이 남겼던 마지막 말, 아니, 정확히 말해 빼어난 미모에도 건달 같았던 여인의 응원하는 말이 절로 떠올랐기 때문이다.

그러나 웃음은 오래가지 못했다.

쾅!

주루 문이 통째로 날아가며 일곱 명이 모습을 드러냈다.

하나같이 험상궂은 얼굴이었고, 손에는 도끼며 기형도, 반달도를 든 자들이었다.

뛰쳐나온 주인장과 주문을 받던 점소이가 하얗게 질려 바들거렸고, 손님들이 비명을 내질렀다.

남궁연 등은 한눈에 그들이 녹림도임을 알아봤다.

녹림도 중 하나가 큰 소리로 외쳤다.

"숙수(요리사)는 어디에 있느냐!"

점소이가 놀란 눈을 하고 손으로 한쪽을 가리켰다.

녹림도들이 득달같이 그 방향으로 달려갔다. 안쪽에서 비명이 터지고, 곧 숙수가 끌려나왔다.

오십대 초반의 숙수가 살려달라고 울부짖고, 녹림도들이 닥치지 않으면 죽여 버리겠다고 고함을 질렀다.

그들은 올 때처럼 순식간에 주루를 빠져나갔다. 그들 중 하나가 떠나면서 외친 소리가 주루 안까지 파고들었다.

"잠시 빌려간다! 불만이 있다면 오태산으로 찾아와!"

술잔을 든 채로 네 기재는 멍하니 입구 쪽만 바라봤다.

"뭐, 뭐지?"

팽안록이 더듬거렸다.

평소라면 이대로 지켜보고만 있지는 않았을 것이다.

"헛것을 본 건가? 녹림도들이 어떻게 산을 내려올 수 있었지? 게다가 숙수는 왜?"

문제는 이것이었다.

혹룡방은 오태산을 포위하고 있었다. 흑룡방과 대치 중인 녹림도들이 이 중요한 때에 숙수를 왜 잡아들여야 한단 말인가? 흑룡방이 마음을 고쳐먹고 떠난 것일까, 아니면 화친이라도 맺어서 잔치라도 벌일 생각인 걸까? 그 무엇도 이해할 수 있는 것이 없었다.

남궁연이 자리에서 일어났다.

"가보는 게 좋겠어."

나머지 세 사람도 박차고 일어섰다.

더 이상 술은 의미가 없었다.

그러나 네 기재는 주루를 나와 몇 발자국 딛기도 전에 완전히 얼어붙고 말았다.

"난리……."

"말도 안 돼."

"대체… 이건……."

"무슨 일이 벌어지고 있는 거지?"

천지 사방이 녹림도였다.

그들은 무리를 지어 날뛰며 고함을 내질러 대고 있었다.

"숙수는 어디에 있느냐!"

"숙수가 저기 도망친다."

"너, 거기 안 서!"

"요리는 뭘 잘하느냐? 특기가 뭐냐 말이다!"

"멍청아, 이놈은 점소이잖아!"

온갖 소란이 일고 있었다. 녹림도들은 못 잡아도 백여 명은 훌쩍 넘어 보였다.

갑자기 녹림왕이 요식업에 뛰어들어야겠다고 결심이라도 한 것일까?

네 기재는 여전히 못 박힌 듯 꿈쩍도 못했다.

그저 서로를 바라보며 눈으로 말하는 것이 다였다.

'도대체 녹림에 무슨 일이 벌어지고 있는 거야?

*　　　*　　　*

희미한 불빛 아래 다섯 명이 머리를 맞대고 앉았다.

녹림왕, 부채주 청뇌묘산, 수석 십령주 은염교, 수석 대주 공추상, 그리고 손약란이었다.

"애송이의 식사는?"

녹림왕이 은염교에게 물었다.

은염교가 눈살을 찌푸렸다.

"여간 까다로운 놈이 아닙니다. 그 맛있어 보이는 산해진 미를 다섯 번이나 엎어버렸습니다. 그중 세 번은 뜨거운 국이 곁들여져 있었는데, 애송이가 촌놈에게 던져 버리기까지 했 습니다."

"그래서 결국은?"

“제 놈도 배가 고프긴 했는지 먹긴 먹더군요.”

쾅!

녹림왕이 탁자를 내려쳤다.

“그놈, 도대체 정체가 뭐냐?”

녹림왕의 시선은 손약란에게 향하고 있었다.

“어헐, 모른다니까.”

손약란이 짧게 대답했다.

녹림왕이 괜히 물어봤다는 후회 담긴 얼굴로 입을 쩝쩝거리다 이내 공추상에게 시선을 던졌다.

“공추상, 흑룡방의 시체는 어찌 되었느냐?”

“모조리 매장했습니다. 혈흔도 감쪽같이 지웠습니다.”

“수고했다. 젠장, 오태산이 공동묘지가 될 줄은 몰랐군. 자, 이제 본론으로 들어가도록 하지.”

즉시 분위기가 무겁게 가라앉았다.

녹림왕이 말을 이었다.

“두 놈이 무슨 이유로 이곳에 온 것인지는 모른다. 두 놈이 누구인지도 모른다. 하지만 그것들은 중요하지 않다. 우리가 알아야 할 것은 저 두 놈이 이곳에 계속 버티고 있는 한 녹림은 허수아비로 전락해 온갖 모멸과 수치를 당하며 녹림 사상 최악의 암흑 기간을 맞을 것이라는 사실이다. 그렇기에 반드시 두 놈을 제거해야 한다. 이 일은 녹림의 존망이 걸린 일. 각자 두 놈을 죽일 수 있는 묘수를 꺼내보아라.”

녹림왕의 말이 떨어졌지만 그 누구도 의견을 내지 못했다.

단 일 인에 의해 흑룡방이 전멸한 것은 말할 것도 없고, 이미 낮에 은염교가 도끼로 찍은 결과 금강불괴를 이루었음을 두 눈으로 똑똑히 확인했기 때문이다.

고민이 길어지자, 녹림왕이 채근하고 나섰다.

"의논할 시간이 많지 않다. 촌놈에겐 새로운 녹림을 위해 의논할 일이 많다고 말은 했지만 오래 끌면 필시 의심할 것이다. 짧은 시간에 최대한의 효율을 내야 한다."

"먼저 한 가지 묻고 싶은 것이 있습니다."

청뇌묘산이었다.

녹림왕이 대답할 시간도 아깝다는 듯 고개만 까닥였다.

"어린놈 말입니다."

"유강이야."

손약란이 친절히 끼어들었다.

"감사합니다, 아가씨. 유강의 무공이 어느 정도이냐에 따라 모략의 방향을 정확히 짚을 수 있을 듯합니다. 만약 그가 촌놈과 비슷한 수준이거나 더욱 뛰어난 무위를 지닌 것이라면 녹림의 노력은 두 배가 되어야 하기 때문입니다."

"내가 동행하면서 지켜보기론 그리 대단치 않은 것 같아."

"확실합니까?"

청뇌묘산이 진중히 물었다.

손약란이 발끈했다.

"이 새끼야, 그래, 추측이다. 어쩔래?"

녹림왕이 곧바로 나직이 꾸짖었다.

"이 녀석아, 힘을 합쳐도 모자랄 판에 서로 싸우기라도 할 셈이냐? 그리고 목소리를 낮춰라."

"죄송해요, 아버지. 하지만 이 씨발 놈이……."

"닥치래도."

그제야 손약란이 조용해졌다. 하지만 입을 달싹거리는 것이 '씨발 새끼가' 라고 하는 것 같았다.

청뇌묘산은 이미 익숙한지 안색에 변함이 없었다.

그가 진중히 고개를 끄덕이며 의견을 냈다.

"첫 번째 방법은 유강이란 애송이를 인질로 잡는 방법입니다."

"불가하오, 부채주. 촌놈이 입구를 지키고 있소. 놈은 결코 자리를 비우지 않을 것이오."

은염교가 고개를 절레절레 흔들며 말했다.

녹림왕도 동의했다.

"그건 위험하다. 두 번째는 무엇이냐?"

"두 번째 방법은 폭뢰를 설치해 두 놈을 한꺼번에 날려 버리는 것입니다."

좌중은 침묵에 빠졌다.

그러나 각자의 머릿속으로 과연 실현 가능한지의 여부가 빠르게 돌아가고 있었다.

잠시 후 녹림왕이 신음하듯 입을 열었다.

"만약… 촌놈이 죽지 않는다면?"

"다 죽는 거여."

손약란이 뭘 그런 걸 묻느냐며 결론을 내려줬다.

그로 인해 다시 깊은 침묵이 강림했다. 폭뢰가 터진 후, 화염과 연기 속에서 철벅거리며 걸어나오는 촌놈의 모습이 절로 상상되어 버렸다. 자신들이 상대해야 할 적이 어떤 작자인지 공포심만 싹트고 말았다.

얼마나 지났을까.

은염교가 입을 열었다.

"무공이나 그 비슷한 류로는 답이 없습니다. 제 생각엔 기문진식을 펼쳐 가둬 버리는 것이 좋을 것 같습니다."

모두의 눈에 이채가 떠올랐다.

녹림왕이 천천히 몸을 일으켰다. 그의 한 손이 은염교의 머리에 닿았다.

은염교가 사랑받는 강아지 같은 표정을 지었다.

녹림왕이 은염교의 머리카락을 와락 움켜쥐었다. 위 머리카락이 잡힌 탓에 은염교의 눈도 위로 당겨져 흰자위가 여실히 드러났다.

쾅!

녹림왕이 은염교의 머리를 눌러 탁자에 찍어버렸다.

"은염교! 오늘 그냥 네놈 머리를 잘라내자. 달고 있어봐야 아무 소용 없다. 난 네놈이 과연 녹림도일까 하고 하루에도 서너 번은 의심이 든다.”

손약란이 적극 동의하고 나섰다.

“아버지, 그게 좋겠어. 그냥 죽여 버리자고. 녹림에 진법을 설치할 수 있는 작자가 한 명도 없다는 것도 모르는 이런 멍청이는 죽여 버리는 게 최선이지.”

공추상이 녹림왕에게 공손히 손을 내밀었다. 어느새 가져왔는지 도끼가 들려 있었다.

청뇌묘산은 포대를 들고 왔다.

“피가 튀니까 포대로 덮고 자르시는 것이 좋겠습니다.”

은염교가 짓이겨진 채로 간신히 입을 열었다.

“죄, 죄송합니다.”

쾅! 쾅! 쾅!

녹림왕이 은염교의 머리통을 탁자에 연달아 세 번 찍고 손을 놨다.

“감사합니다.”

은염교가 시무룩하니 고개를 숙였다. 코피가 흐르고 있었지만 닦을 생각조차 못했다.

결국 아무리 머리를 굴려도 마땅한 묘수가 없었다. 그저 나오느니 한숨뿐이었다.

그렇게 모두가 동병상련으로 축 처져 있을 때였다.

짝!

"염병할!"

손약란이 박수를 치며 일어섰다.

녹림왕을 위시한 모두가 멀뚱히 쳐다봤다.

"간단하고도 기막힌 방법이 있어. 호호, 하하, 왜 바보처럼 그 생각을 못했을까나."

"어서 말해봐라."

녹림왕이 입이 바싹 타는지 입술을 핥으며 채근했다.

손약란이 스산하게 웃었다.

"독이야."

순간 녹림왕과 청뇌묘산, 은염교, 공추산의 눈동자에 별빛이 반짝반짝 빛났다.

절망의 구렁텅이에서 희망의 꽃이 아름답게 피어났다.

그들은 정확히 알고 있었다.

어떤 종류의 독을 어떻게 써야 하는지!

그 모든 것이 절로 떠올랐다.

덩달아 모두의 얼굴 가득 미소도 떠올랐다.

하루가 지나 오전이 되자 도유강은 기분이 나아졌다.

녹림왕의 처소는 안락했고, 분노를 표시하려 몇 번인가 음식을 던져 버리긴 했지만 이후 맛본 요리는 솜씨가 매우 훌륭했다.

뛰어난 요리는 사람의 기분까지도 바꾸는 신묘함이 있었

다. 마음 한편에서 여기서 그냥 눌러 살까 하는 이율배반적인 생각이 슬며시 떠올라 '정신 차려라, 도유강!' 이라고 외치며 스스로 뺨을 후려쳐야 할 정도였다.

식사를 마치고 차를 마시고 있을 때였다.

풍천과 함께 손약란이 들어왔다.

손약란은 달라 보였다. 웃음기를 싹 거두고, 씩씩하고 박력으로 온몸을 전신무장하고 있었다.

손약란이 한쪽 무릎을 꿇었다.

"주군, 지난밤은 평안하셨는지요?"

도유강이 멍하니 손약란을 바라봤다.

뭘 잘못 먹은 것이 틀림없었다. 아니, 이유를 알 것 같았다.

분명 풍천의 짓이리라!

간밤에 도대체 얼마나 패버렸으면 이 지경으로 사람이 돌변할 수 있는지 화가 치밀었다.

도유강은 풍천을 불렀다.

"어떻게 된 일이냐?"

풍천이 바로 대답했다.

"쓸데없이 반항해 봐야 부질없음을 깨달은 모양입니다."

도유강은 풍천이 말을 지어내는 재주도 출중하다는 것을 어제부로 파악했기에 바로 손약란에게 물었다.

"손약란, 무슨 일이 있었지?"

손약란이 절도있게 고개를 숙였다.

"소녀는 평생 주군의 수하가 되기로 결심했습니다. 저의 충성을 믿어주십시오."

도유강은 음식으로 인해 달콤했던 기분이 확 상해 버렸다.

손약란이 목소리를 묵직하게 내리깔고 중년 남자 흉내 내는 것을 듣느니 차라리 욕설을 듣는 것이 백번 나을 것 같았다.

"대체 풍천에게 어딜 얼마만큼 맞은 것이냐?"

"풍천님은 소녀의 옷깃조차 건드리지 않았습니다. 이는 소녀의 진심입니다."

"흥, 실망스럽군. 좋다. 이 아침에 날 찾은 것이 고작 그 말을 하려고 온 것이더냐?"

"주군께 충언을 드리고자 무례를 범했습니다."

"충언이라……."

"그렇습니다, 주군. 녹림을 장악한 지금 우선적으로 처리하셔야 할 일이 있습니다. 그건 바로 부채주 청뇌묘산을 제거하는 일입니다."

"훌륭하군, 훌륭해."

도유강이 비아냥거렸다.

그러나 손약란은 아랑곳하지 않고 말을 이었다.

"이미 주군께서 파악하셨겠지만 녹림왕은 별 볼일 없는 자입니다. 뇌가 없다고 생각하시면 됩니다."

"이놈! 네 아버지가 아니더냐?"

도유강이 버럭 성을 냈다.

"큰일을 도모함에 있어서는 사사로운 정에 얽매여선 아니 된다고 알고 있습니다."

손약란의 음성은 단호했다. 녹림왕의 목을 베어오라고 해도 당장 뛰쳐나가 결행할 기세였다.

손약란이 말을 이었다.

"그런 녹림왕에게 청뇌묘산은 지혜 보따리이며 간교하기가 말로 형용할 수가 없는 자입니다. 그가 제거된다면 녹림은 감히 주군께 대항할 생각조차 하지 못할 것입니다. 부디 소녀의 충언을 심사숙고해 주십시오."

도유강은 속이 매스꺼웠다. 구역질이 나려 했다.

애초에 손약란에게 호감 따윈 없었다. 그래도 함께 동행하는 시간이 짧지 않았고, 그동안 지켜보며 그녀 나름의 살아가는 방식이 있다고 인정하고 있었다.

쌍욕을 내뱉고 거침없이 행동하지만 자신의 신념 정도는 있을 것이라고 생각했다.

그러나 오늘의 손약란은 아버지를 모욕하고 녹림도를 팔아넘기기에 바빴다. 더 이상 말을 섞고 싶지 않았다.

"더 할 이야기는?"

"송구합니다. 소녀, 더 좋은 묘안과 도움될 일이 생길 시 또다시 충언을 드리겠습니다."

도유강이 귀찮다는 듯 손을 내저었다.

손약란이 허리를 구십도로 숙인 후 방을 나섰다.

풍천이 말했다.

"주군, 손약란의 충성은 의심의 여지가 없습니다. 한시라도 빨리 청뇌묘산을 제거하는 것이 옳습니다."

풍천의 모습을 보고 있자니, 얼씨구나 하고 대답도 듣지 않은 채 속히 달려가 목을 쳐버리고 싶어 안절부절못하는 것 같았다.

도유강이 버럭 외쳤다.

"도대체 네놈은 어찌하여 틈만 보이면 누굴 죽일 생각뿐인 것이냐?"

"하지만 주군, 그자는……."

"손약란의 말대로 청뇌묘산이 지혜롭다면 훗날을 위해 가둬두기만 하라. 언젠가 긴히 쓰일 날이 있을 것이다."

풍천이 몸을 부르르 떨었다.

도유강은 덜컥 겁이 났다. 네깟 놈이 뭔데 내게 이래라저래라 하는 거야, 하면서 목을 움켜쥘 것만 같았다.

"너… 너, 왜 그래?"

풍천이 나직이 말했다.

"어제 주군께선 녹림도 앞에서 의자로 제 머리를 찍어버리셨습니다."

"그, 그랬지."

도유강은 목소리를 떨지 않으려고 했지만 실패했다.

풍천이 한 걸음 다가왔다.

"소인은 진정… 감복했습니다. 주군께서 뭇 녹림도 앞에서 위엄을 보이실 때 저는 심장이 터질 것처럼 희열에 몸을 가누기도 힘겨웠습니다. 그리고 오늘 또다시 주군의 현명하신 판단을 들으니 정녕 이 감격을 어찌 표현해야 좋을지 모르겠습니다."

"아하하하, 그렇지. 위엄이지. 내 종종 널 찍어버려서 다른 이들을 두렵게 하겠다."

"바로 그것입니다, 주군!"

풍천은 당장 눈물이라도 흘릴 기세였다.

도유강은 몰래 한숨을 내쉬었다.

'죽는 줄 알았다.'

그러나 다행스러운 한편으로 점점 더 풍천에게 말려들어간다는 생각을 지울 수가 없었다. 제 놈이 맞아가면서 자신을 길들이려 하는 것도 같았다.

풍천 제작, 풍천 판매, 풍천이라는 표시가 찍힌 올가미가 죄어드는 느낌이었다.

"네게 물을 것이 있다."

도유강은 오늘은 녹림에 있지만 넋을 놓고 있을 수만은 없었다. 우선 녹림부터 시작하시죠, 라고 풍천은 말했었다. 앞으로 어딜 어떻게 끌고 다닐지 그 생각만 하면 눈앞이 캄캄해졌다.

어느 날 갑자기 눈을 뜨자마자 ‘이번엔 장강수로채입니다’라고 말하고선 옆구리에 낀 채 신형을 날리지 말라는 법도 없지 않은가.

“주군의 분부를 기다립니다.”

“풍천, 네 생각을 듣고 싶다. 녹림에 온 것이 나를 녹림왕으로 앉히려는 것은 아니었을 테니 말이다.”

“물론입니다, 주군.”

“이유가 있었다?”

도유강은 호기심이 일었다.

“그렇습니다. 주군께서 녹림왕이시라니, 가당치 않습니다.”

“그럼 이곳에 온 진짜 목적은 무엇이냐?”

“주군을 이곳에 모신 것은 ‘지존행보’ 중 하나이기 때문입니다.”

“돌려 말하지 말라.”

“녹림을 장악한 것은 녹림이 목표여서가 아니었습니다. 처음부터 목표는 오태산이었습니다. 오태산에 녹림이 얹혀 있기에 그들을 제압할 필요가 있었을 뿐입니다. 또한 흑룡방을 멸한 것도 그들이 지존행보에 간섭을 일으킬 수 있다는 생각에서였습니다. 이는 오래전부터 아수라천마께서 예비하신 안배의 첫 길입니다.”

“아버지께서?”

도유강은 정신이 하나도 없었다.

풍천의 행동 하나하나는 괴상하고 이해 못할 것 투성이였지만 항상 뒤를 되돌아보면 타당한 이유가 있었다.

녹림에 온 것도 많은 수하를 확보하려나 보다 정도로 생각했거늘 그것이 아니었다.

핵심은 아버지였다.

아버지의 안배!

도대체 아버지는 이 먼 곳에 무엇을 숨겨놓으셨을까!

풍천이 바로 대답했다.

"그렇습니다. 아수라천마님은 안배에 모든 심혈을 기울이셨습니다."

"오태산에 무엇이 있느냐?"

"그건 바로 주군의 미래입니다. 그러나 더 이상 말씀드릴 수 없습니다."

"네놈이 날 기만하는 것이냐!"

"용서하십시오. 예정된 시간이 되지 않았기 때문입니다. 주군, 소인은 중요한 일이 있기에 이만 물러가 보겠습니다."

"지금 이보다 중요한 일이 어디에 있다고 꽁무니를 빼겠다는 것이냐!"

"주군, 청뇌묘산을 반 죽여놓아야 합니다. 머리는 다치지 않도록 각별히 신경을 쓰겠습니다."

"이놈! 풍천~!"

풍천은 성큼성큼 방을 나서며 끝으로 대답했다.

"염려 마십시오, 주군."

"청뇌묘산의 이야기가 아니다. 아버지의 안배가 도대체 뭐냔 말이다!"

도유강이 성질이 뻗쳐서 찻잔을 집어던졌다.

쨍그랑!

풍천이 막 닫고 나간 문에 찻잔이 부딪쳐 와장창 부서졌다.

"풍천, 네 이놈~!"

『전전긍긍 마교교주』 2권에 계속…

鬼弓士

귀궁사

참마도 新무협 판타지 소설

귀궁사

중원을 공포로 떨게 만든 희대의 악마, 혈마존.
그의 영혼이 기억을 잃은 채 차원 이동을 한다.

한 소년과 몸이 바뀐 후 깨어난 혈마존.
기억은 지워지고 싸가지없는 본성만 남았다!
욱할 때마다 튀어나오는 살벌한 말투와 그의 독자 무공.

'아, 나는 왜 이렇게 성격이 더러운가?
어째서 이리도 잔인한 기술을 알고 있는 것인가? 착하게 살고 싶다.'

살인광이었던 그가 전혀 어울리지 않는 대신관이 되기로 결심한다.
하지만 그 본성이 어디 가나……

"이런 빌어 처먹을 놈들, 신전에서 봉사 활동 안 할래?"

임준욱 장편 소설

무적자

WITHOUT MERCY

그의 이름은 임화평(林和平)이다.
이름처럼 살기를 소망했고 그렇게 살아왔다.
그를 건드리지 말았어야 했다.
조용히 살게 놔두었어야 했다.

"너희들 실수한 거야.
내 세상의 중심,
내 평안의 근거를 깨뜨린 거다.
세상 전부와도 바꿀 수 없는……
알게 해주마, 너희들이 누구를 건드린 건지."

그의 고독한 여정이 시작되었다.

―오, 바라타족의 아들이여. 언제든지 정의가 무너지고 정의가 아닌 것이
판을 치는 때가 되면 나는 곧 나 자신을 나타내느니라.
올바른 자를 보호하기 위하여, 악한 자를 멸하기 위하여, 그리하여 정의를
다시 세우기 위하여, 나는 시대에서 시대로 태어난다.

〈바가바드기타 중에서〉

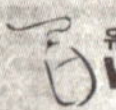

Book Publishing CHUNGEORAM

정봉준 新무협 판타지 소설

『철산전기』의 작가 정봉준!!!
팔선문을 통해 또 다른 유쾌함을 선사한다!!

뛰어난 자질을 갖춘 팔선문의 대제자 유검호,
그의 치명적인 단점은 게으름과 의지박약!

천하제일마두의 기행에 재수없이 동참하게 된 의지박약아.
갖은 고생 끝에 가까스로 고향으로 돌아오다.

"무림? 그딴 건 개나 주라 그래. 나만 안 건드리면 돼!"

시간을 가르는 그의 행보에 무림이 뒤집어진다!!!

사람들이 인식하는 상식의 세계 이면,
짙은 어둠이 드리워진 그곳에 사는 괴물들이 있다.

문명이 드리운 그림자 속에서, 전투기계들과
인간의 사념으로부터 태어난 마물들이 격돌한다.
마법과 주술이 난무하는 초현실적인 전장,
소년은 그곳에 서는 대가로 인생을 잃었다.
운명의 노예가 되어 가족과 인성을 잃어버린 소년, 진유현.

총염(銃炎)과 검광(劍光)이 뒤얽히는
어둠의 거리에서, 운명의 족쇄를 끊고 나온
소년의 눈이 살의를 발한다.

Book Publishing CHUNGEORAM